동 해 산 문

일러두기

○ 이 책은 1971년 일지사에서 발간한 『동해산문』을 저본으로 삼았다.

○ 이 책은 저본에 충실하되 맞춤법, 띄어쓰기, 외래어 표기법 등은 국립국어원의 한국어
어문 규범에 따랐다.

○ 본문 중 ( )는 저자가 넣은 것이며, 각주는 편집자가 붙인 것이다.

○ 단행본, 잡지, 신문은 『 』로, 작품은 「 」로 표기했다.

한흑구 수필집   동 해 산 문

득수

책머리에

항상 푸르고, 맑고, 볼륨이 넓고, 거센 바닷가에서 한가히 살고
자 동해변으로 온 지가 꼭 이십 년이 되었다.

거의 하루같이 바닷가를 걸어보았다.

인생 자체를 항해에 비하지만, 나는 바닷가에 혼자 서서, 나의
존재의 미미함을 느낀 적이 한두 번이 아니었다.

버리기에 아까운 것을 몇 편 고르고, 최근 쓴 것을 모아서 『동
해산문』이라고 책 이름을 붙였다.

『동해산문』이라고 붙인 것은 동해에 대해서 썼다기보다는 동
해변인 포항에서 살면서 썼다는 뜻이 되는 것이다.

그리고, 몇 편의 평론으로 수필에 대한 나의 신념을 펴보았는
데, 이것은 순수한 나의 주관적인 고찰에 불과하다는 것을 말해
둔다.

문단 교우록의 세 편은 하나의 신변 기록이지만, 문청(文靑)의
기록을 남겨 놓기 위해서 실었다.

또, 원고를 간추리는 데 신고(新稿), 구고(舊稿)를 가려내지 않

고 그대로 뒤섞어 놓았다.

여태까지 있다가, 변변치 못한 소품들을 내어놓기에는 한편 부끄러움도 없지 않지만, 우리의 수필 문학을 위해서 조그마한 벽돌 한 장이라도 되어주었으면 하고 바랄 뿐이다.

우리도 어느 때에 가서는, 구미의 수필 문학과 같이 완벽한 전통과 광휘 있는 수필 문학을 수립할 수 있으리라고 믿고, 또한 염원하는 바이다.

끝으로 발문을 써주신 미당 서정주 형과 이 책을 펴주신 일지사 김성재 사장님께 깊은 감사의 말씀을 드린다.

1971년 5월

저자 識

※ 이 책은 1971년 일지사에서 초판을 발간했으며, 도서출판 득수가 한흑구 선생의 유족과 정식 계약을 맺고 복간본을 출간하게 되었다.

동해산문 차례

나무

　나는 나무를 사랑한다.

　뜰 앞에 서 있는 나무, 시냇가에 서 있는 나무, 우물둑에 그림자를 드리운 나무, 길가에 서 있어 길 가는 사람들의 쉼터를 주는 나무, 산꼭대기 위에 서 있는 나무.

　나는 나무를 사랑한다.

　그것이 어떠한 나무인 것을 상관하지 않는다.

　꽃이 있건 없건, 열매를 맺건 말건, 잎이 떨어지건 말건, 나는 그런 것을 상관하지 않는다.

　나는 나무를 사랑한다.

　그것이 아메바로부터 진화하였건 말았건, 그러한 나무의 역사를 상관하지 않는다.

　흙에서 나고, 해와 햇볕 속에서 아무 말이 없이 자라나는 나무.

나는 나무를 사랑한다.

아침에는 떠오르는 해를 온 얼굴에 맞으며, 동산 위에 홀로 서서, 성자인 양 조용히 머리를 수그리고 기도하는 나무.

낮에는 노래하는 새들을 품안에 품고, 잎마다 잎마다 햇볕과 속삭이는 성장(盛裝)한 여인과 같은 나무.

저녁에는 엷어가는 놀이 머리끝에 머물러 날아드는 새들과 돌아오는 목동들을 부르고 서 있는 사랑스러운 젊은 어머니와 같은 나무.

밤에는 잎마다 맑은 이슬을 머금고, 흘러가는 달빛과 별 밝은 밤을 이야기하고, 떨어지는 별똥들을 헤아리면서 한두 마디 역사의 기록을 암송하는 시인과 같은 나무.

나는 나무를 사랑한다.

"너는 십일홍의 들꽃이 되지 말고, 송림이 되었다가 후일에 나라의 큰 재목이 되어라."

이것은 내가 중학 시절에 멀리 미국에 망명 중이던 아버님이 편지마다 쓰시던 구절이다.

지금도 나는 돌아가신 아버님을 생각할 때마다, 먼저 아버님의 이 편지 구절을 생각하게 된다.

"높은 산꼭대기에 서 있는 소나무가 높이 쳐다보이는 것은 그 자체가 높아서가 아니라, 다만 높은 산꼭대기 위에 서 있기 때문이다.

그러나, 산꼭대기 위에 서 있는 나무는 비와 바람에 흔들리어, 뿌리는 마음대로 뻗지 못하고, 가지들은 구부러져서, 후일에는 한낱 화목(火木)밖에 될 것이 없다.

사람의 발이 미치지 않는 깊은 산골짜기 시냇가에 힘차게 자라는 나무들은 사람의 눈에는 잘 띄지 않으나, 후일에는 좋은 재목(材木)이 된다."

이러한 선철(先哲)의 말씀도, 내가 나무를 사랑하는 마음을 더욱 북돋워 주었다.

나는 나무를 사랑한다.

나는 마음속이 산란할 때마다, 창문을 열고 남산 위에 서 있는 송림을 바라본다.

송림이 없다 하면 남산이 무엇이랴?

나무가 없다 하면 산이 무엇이며, 언덕이 무엇이며, 시내 강변이 무엇이랴?

나무는 산과 벌에서 자란다.

　고요한 봄 아침에도, 비 오는 여름 낮에도, 눈 오는 추운 겨울 밤에도 나무는 아무 말이 없이 소복소복 자라난다.

　나는 나무를 사랑한다.

　성자와 같은 나무.

　아름다운 여인과 같은 나무.

　끝없는 사랑을 지닌 어머니의 품과 같은 나무.

　묵상하는 시인과 같은 나무.

　나는 나무를 사랑한다.

　나는 언제나 나무를 사랑한다.

- 『문화』(1947)

새벽

어둡고, 춥고, 침침한 밤이 다하는 것을 새벽이라고 부른다.

휘언히 빛나는 새벽은 형용할 수 없는 아름다움을 지니고 있다.

캄캄한 주검 위에 새로운 생명의 빛을 가져오는 것이 새벽이다.

빛이 없고 따뜻함이 없었다면, 지상에 생물이 창조되었을 까닭도 없고, 생물이 생존할 수도 없었을 것이다.

이렇게, 밝고 따뜻한 빛의 세계를 가져오는 새벽을 모든 생물은 손꼽아 기다리고, 또한 즐겁게 맞이하는 것이다.

괴로운 일이 생겨서 잠을 이루지 못하는 사람도, 어서 어둡고 답답한 밤이 지나서 새벽의 동이 트기를 안타까이 기다리기도 한다.

혹은, 중한 병에 걸려서 온밤을 정신을 잃고 안타까이 신음하던 사람이 동이 트는 새벽이 되어서야 제정신으로 돌아와 피곤

한 몸을 쉬면서 고요히 잠들기도 한다.

이렇게 새벽이 가져오는 새로운 빛은 모든 생물에게 기운을 가져오고, 생명과 새로운 힘을 가져오는 것을 우리는 잘 알고 있다.

새벽은 또한 형용할 수 없이 아름답기도 하다.

맑은 하늘 위에 해가 얼굴을 나타내기 전에 연못가로 거닐어 보면, 우리는 널따란 연이파리 가운데서 한 알의 진주와 같은 새뽀얀 물방울이 괴어 있는 것을 바라볼 수 있다.

긴 밤 사이에 안개와 함께 떨어진 이슬방울이 고요히 놓여 있는 것이다.

그 새맑고, 푸른 연잎을 꿰뚫어 비치는 푸른 진주와 같은 이슬 방울은 새벽의 새뜻함과 함께 새맑고 아름답다.

해가 어느덧 얼굴을 쳐들어 붉은빛을 뿌려 놓으면, 그 진주의 색은 무지개 같은 아롱진 빛에 잠긴다.

어린애가 아닌 나도 그것을 손바닥 위에 올려놓고 싶고, 입속에 넣어 굴려 보고 싶은 생각이 든다.

이렇게 아름다운 새벽이 다가오는 것을 알려주는 것은 닭의 울음이다.

닭은 한없이 맑고 고요한 공기를 울리면서 자주 그 울음을 높인다.

　닭은 한 마리의 새이면서도, 다른 새들과 달리, 새벽을 고해주는 사명을 지니고 있다.

　멀리 교회당에서 들려 오는, 쇠를 때리는 강한 종소리에 어울리어, 낮고 또한 높았다 낮아지는 외마디의 굵은 닭의 울음소리를 들으면서 조용히 드러누워 있노라면 모든 생물의 사명이 무엇인가, 또는 왜 생존하고 있는가 하는 무거운 생각에 잠기는 것이 보통이다.

　아침마다 울어대는 닭의 울음 속에서도 세상의 숨결이 흘러가고 있는 것이 아닌가 하고 생각해 본다.

　이러한 야릇한 생각에 잠겨서 "너 자신을 알라"고 하던 선철의 가르침을 또 한번 사색해 보는 것도 새벽이 가져오는 생명의 기운이라고 나는 생각하지 않을 수 없다.

　정작 동이 트는 새벽이 되어, 바다 위에 환한 등불같이 반짝이던 샛별이 그의 빛을 잃고 자취를 감추게 되면, 석류나무 위에선 참새들이 재잘거리고, 빨랫줄 위에선 제비들이 재롱을 부리면서 노래를 부른다.

　새들도 새벽을 즐기고 새벽을 노래하는 것이 모두 새벽이 가져다주는 새맑은 생명의 기운이라는 것을 알 수가 있다.

새벽의 바다를 본 사람은 그 아름다운 광경에 놀라지 않을 수 없을 것이다.

하늘은 하늘대로, 바다는 바다대로, 달걀 노른자같이 새맑고 고운 해의 얼굴을 맞아서, 형용할 수도 없는 광경을 펼쳐 놓는 것을 볼 수 있기 때문이다.

하늘 위에 구름이 뭉게뭉게 떠 있을 때에는, 그 구름이 사자나 코끼리 같은 온갖 동물의 형상같이 되기도 하고, 지상에선 구경할 수도 없는 화려한 궁성(宮城)이나 성시(聖市)와 같이 되기도 한다.

이것들은 가만히 있는 것이 아니라, 수시로 또 다른 형상들로 변하여간다.

그뿐 아니라, 이 움직이고 있는 하나의 진기한 세계는 태양이 움직이어 오름에 따라서 그 색을 회색으로, 분홍으로, 자줏빛으로, 혹은 금색으로 온갖 색깔로 시시각각으로 변해가는 것이다.

이러한 신기한 형상을 위로 두고 있는 바다의 넓은 가슴팍은, 진기한 무늬를 하고 있는 비단목같이 너울거리고 있다.

> 미소를 머금은
> 햇빛들은
> 춤을 추는 물결들과
> 입을 맞추고 있다.

이러한 셸리[1]의 시는 동이 트는 새벽의 즐거운 생명을 노래한
것이다.

새벽은 이렇게 아름답고, 줄기찬 생명을 가져오는 시간이라고
나는 늘 생각한다.
그러나 나는 "새벽이 오기 전이 제일 어둡다"고 말한 선철의
가르침을 생각하면서, 어둡고 답답한 밤이 어서 다해지기를 기
다리는 밤도 적지 않다.

『새벽』(1958)

---

[1]   퍼시 셸리(Percy Bysshe Shelley, 1792~1822). 영국의 바이런(Byron)과 함께 낭만주
의 시대에 가장 인기 있는 시인이었다.

눈

아침부터 눈이 내린다.

한 이파리, 한 이파리, 하이얀 눈이 무슨 잔벌레인 양 뒷산을 넘어오는 찬바람을 타고 날아가고, 날아온다.

세상은 온통 하루살이 벌레들의 무늬로 물들고 있는 듯하다.

크게 확대해서 볼 때에는 별 모양도 하고, 꽃 모양도 한다는 그림을 언젠가 한번 보았기에, 날아오는 그 한 눈을 손바닥 위에 잡았더니, 볼 사이도 없이 그만 물방울이 되었다가 풀어진다.

한 이파리씩 내리던 눈이 펑펑 하늘을 덮고 쏟아진다.

뺨을 때리고 스치는 눈도 그리 찬 것 같지 않다.

사실, 눈은 찬 것이 아닌가 보다.

산과 들을 덮어주고, 그 속에서 꿈틀거리고 있는 모든 생명을 따뜻하게 감싸주는 커다란 이불 같은 사명을 지니고 있는 것이 눈이 아닐까?

눈은 따스한, 하얀 솜 같은 이불이다.

4월의 아늑한 대기와 흐뭇한 바람과 따스한 태양을 꿈꾸면서 쫑긋이 가지 위에 앉아 있는 꽃움을, 눈은 흰 이불로 고요히 덮어준다.

8월의 태양을 꿈꾸면서, 하늘 높이서 떨고 섰는 포플러의 움과 수양버들의 움도, 눈은 다 같이 흰 이불로 따뜻하게 덮어준다.

눈은 푸르른 대와 파아란 솔잎들 위에도 사뿐사뿐 내려앉아서, 그 희고, 맑고, 깨끗하고, 밝고, 부드럽고, 고운 꽃송이들을 피워 놓는다.

젊은 솔에도, 늙은 솔에도 하이얀 꽃이 피어난다.

산에, 산에, 들판에, 푸른 대에, 또한 푸른 솔에, 그 맑고 희고 고운 꽃송이들이, 눈송이들이 피어나고, 커가고, 빙그레 웃다가, 그만 불어오는 바람에 휘날려 흩어진다.

흩어지고 피고, 피고 흩어지고, 눈은 온종일 소리 없이 내린다.

눈은 또한 먼 뜰 앞, 언덕 위에 깔린 누런 잔디 속에서 꿈틀거리고 있는 벌레들과 벌레의 알들도, 다 같이 흰 이불로써 고이 덮어준다.

냉이와 달래의 속잎도, 민들레와 할미꽃의 가는 뿌리도, 눈은 다 같이 따스한 이불로써 가리어준다.

지금.

오늘의 사명을 다 마친 듯이, 눈은 소리 없이 내리고, 소리 없이 그친다.

산에, 벌에, 나무 위에, 또한 지붕 위에, 흰 눈은 이제 온 누리를 덮었다.

참으로 커다란 이불이다.

지금.

이 희고, 맑고, 깨끗하고, 따뜻한 이불 위로 불긋한 겨울 해가 천천히 흰 언덕을 넘어가고 있다.

7색의 무지개와 같은 아롱진 빛을 이끌고 흰 이불 위에 비스듬히, 또한 기다랗게 수를 놓으면서, 겨울의 차가운 태양은 그의 얼굴을 감추고 있다.

깃으로 찾아가는 까마귀들의 떼는, 흰 이불 위에 유달리도 더 검어 보인다.

『동아일보』(1955)

비가 옵니다

비가 옵니다.

어두운 새벽부터 시작해서 동이 트고, 날이 새었는데도, 비는 고요히 소리 없이 내립니다.

창을 열고 내다보시오.

키가 큰 포플러, 그 새파란 은행나무, 손바닥같이 넓게 편 무화과 이파리들.

모두 입을 벌리고, 비를 마시고, 비를 내뿜습니다.

늘어질 대로 늘어진 수양버들, 맑게 푸르게 머리를 감습니다.

등나무도 새로 나온 새말간 순들을 머리 위에 이고 있습니다.

지금 저 빗속에서도 쭉쭉 뻗어서 기어 나오는 것 같습니다.

담 안에 서 있는 향나무도, 머리끝에 새잎들이 나와서, 두 색으로 되어 있습니다.

밤새 비에 저렇게 새잎들이 나왔습니다.

비가 옵니다.

참 좋은 빕니다.

삽을 메고 들로 나가 보시오.

보리 수염들이 파랗게 버티고 서서 은구슬 같은 빗방울을 하나하나 줄줄이 꿰고 있습니다.

갓난아기의 손가락 끝같이, 보리알들이 통통 불어 있지 않습니까?

모판 자리에는 밤새에도 저렇게 소복소복 모가 자라 나왔습니다.

저 산들을 바라보시오.

둘러서 있는 산 밑에는 안개 속에 하얀 아카시아꽃들이 흰 구름같이 뭉켜 있습니다.

아무리 부지런한 벌들도 오늘은 다 쉬고 있을 겝니다.

내일 해가 반짝 날 때에 두 곱이나 일하기 위해서, 비 오는 오늘은 다 쉬고 있을 겝니다.

저 언덕 위에는 능쟁이(명아주)풀들이 파랗게 입을 벌리고 있습니다.

가을이 오면 먼저 붉은 능쟁이 이파리들이, 지금은 이 빗속에서 저렇게 파랗습니다.

발자국 하나 없는 들길을 빗속에서 맨발로 혼자 거니는 것도 참 유쾌한 것입니다.

비 오는 길 위에는 아무 자국도, 흔적도 없습니다.

새길입니다.

더러운 개똥도 다 씻겨나가고, 다 흘러나갔습니다.

이러한 새길을 비를 맞으면서 맨발로 걸어나가는 것은 참으로 좋습니다.

마음속까지 시원합니다.

비가 옵니다.

참 좋은 빕니다.

아랫목에서는 애들이 낮잠을 자고 있습니다.

소근거리는 빗소리도 듣지 못하고 낮잠을 자고 있습니다.

그들도 다 빗속에서, 잠 속에서 뼈가 굵어지고, 살이 부풀어오를 겝니다.

저 포도 순같이 뻗어나고 자랄 겝니다.

처마 끝에서는 물방울이 뭉치고 커져서 '똑' 하고 떨어집니다.

한 방울씩 괸 물 위에 떨어져서 물거품을 짓습니다.

동그란 물거품들이 떠내려갈 사이도 없이 터져버립니다.

누가, 어느 철학자가, 어느 시인이, 인생을 물거품 같다고 했습니까?

너무나 허무한 얘깁니다.

얼토당토않은 말입니다.

하나의 찰나에서 무한한 영겁을 안을 수 있는 것이 사람의 마음이 아니겠습니까?

하루라도 참되게, 착하게, 아름답게 살 수 있다면, 얼마나 행복한 인생이라고 하겠습니까?

비가 옵니다.

참 좋은 빕니다.

춥고, 어둡고, 짓궂게 비 오는 날에, 모든 생명이 솟아납니다.
뻗어나고, 자랍니다.

발자국 하나도 없는, 비 오는 길 위를 맨발로 한번 걸어보시오.

마음속까지도 시원할 겝니다.

『동아일보』(1956)

봄비

○

봄비가 옵니다.
봄비가 옵니다.
나무가 새싹을 내려고
봄비가 옵니다.

이 시는 우리나라의 현대시를 제일 먼저 쓰던 시인들 중의 한 분인 주요한[2] 씨의 시집 『아름다운 새벽』에 실렸던 것이다.

중학 시절에 읽을 때에는 너무나 평범한 시같이 생각하였으나, 나이가 들고 머리가 희끗희끗한 오늘에는, 이 시가 말하는 것이 평범한 것이 아니고 어쩐지 심각한 어떤 진리를 무섭도록 깨우쳐 주

---

2   주요한(朱耀翰, 1900~1979). 시인이자 언론인이며 정치인. 1919년 2월호 『창조(創造)』에 산문시 「불놀이」를 발표하며 작품 활동을 시작했다.

는 것 같다.

일제시대에 쓴 시인 만큼, 3·1 정신의 새로움을 불러일으키려
는 에스프리(esprit, 정신)도 있었을 것이다. 그러나, 시의 세계는
정치적인 한계를 훨씬 넘어선 의의와 존재의 가치성을 지니고
있을 것이다.

「봄비」에 대한 다음과 같은 시구도 읽은 기억이 있다.

비라도 봄비니
맞아나 둘까,
행여나 내 마음에
새싹이 나도.

역시 3·1 정신이 시들어 갈 때, 우리의 정신에 새싹이 필요하
다고 강조했던 것이지만, 시의 에스프리는 한계성을 지니고 있
지 않는 것이다.

○

　나는 지금 해가 솟는 바닷가에 서서, 물결도 없이 고요한 바다 위에 소리 없이 떨어지는 봄비를 바라보고 있다.

　해는 이미 솟았으나, 안개 같은 보슬비에 싸여서 그 빛을 잃고 있다.

　바다는 그냥 잠들어 고래같이 고요히 누웠는데, 그 등 위로 보슬비는 무수한 구슬을 소리 없이 떨어뜨리고 있다.

　바닷가에 서 있는 늙은 버드나무의 가지가지에도 파아란 새싹들이 뾰족뾰족 부풀어 나오고 있다.

　분명히 새싹이다.

　파아란 새 생명이다.

　봄에는 비가 많이 온다.

　비가 많이 온다기보다, 비가 자주 온다.

　새싹을, 새 생명을 창조하기에 바쁘기 때문이다.

　봄이 오고, 비가 내리고, 잠자던 나무에서 새싹이 나온다는 것은, 어떻게 보면 하나의 평범한 사실일지도 모르겠지만, 꽃도, 열매도 맺어보지 못한 나에게는 하나의 무서운 진리가 아닐 수 없다.

하물며 나의 집, 나의 민족, 나라를 생각할 때에는 더욱 그러하지 않은가?

봄비는 오늘도 바다 위에, 저 높은 산등성이 위에, 저 넓은 벌판 위에 소리 없이 내리고 있다.

나무 위에 새싹을 내고, 또한 무수한 푸른 생명의 목을 축이기 위해서, 봄비는 오늘도 고요히 내리고 있다.

『동아일보』(1960)

진달래

○

아침에 아내가 빙그레 웃으면서, 진달래를 한아름 들고 방으로 들어왔다.

"이것 봐요! 진달래가 폈어요! 애들이 산보 갔다 꺾어 왔어요!"

진달래를 안고 들어오는 아내의 얼굴에도 봄빛이 어리어 있는 것 같았다.

"아, 참말 폈구나!"

그 화안한 얼굴에서, 나는 새로운 봄빛을 보았다.

그 싸늘한 바람과, 그 찬 서리와, 그 늦은 봄눈의 자국도, 아무것도 찾을 수 없었다.

아내는, 책상 위에 놓인 단 하나밖에 남지 않은 고려자기 꽃병에다가, 진달래꽃 가지들을 조심성 있게 꽂아 놓았다.

"어서 세수하세요."

아내는 진달래 같은 얼굴을 하고 밖으로 나갔다.

○

읽고 있던 책을 덮어버리고, 나는 파아란 꽃병 위에 꽂혀 있는 진달래의 얼굴을 쳐다보았다.

봄의 천사들인 양, 새롭고, 예쁘고, 화안한 얼굴이었다.

두 송이, 또는 네 송이씩 짝을 지어서 볼을 맞대고 피어 있었다.

볼수록 환하고 깨끗하고 어여뻐서, 가만히 손끝으로 만져 보았다.

분홍색이 되기에는 너무나 진하고, 보라색이 되기에는 너무나 연하였다.

아무리 보아도 옳은 색을 찾아낼 수가 없어서, 나는 끝없이 바라만 보았다.

누군가 진달래를 수줍어하는 처녀의 얼굴 같다고 하였지만, 그렇게 수줍어하는 어색한 빛을 나는 볼 수가 없었다.

어떻게 보면, 그 새롭고, 환하고, 봄처녀 같은 얼굴을 하였지만, 장미와 같이 무르녹는 정열을 남몰래 간직하고 있는 것도 같이 보였다.

○

그러나, 어디로 보나, 진달래는 봄에 피는 꽃이 분명하였다.

찬바람과, 서리와, 늦은 눈 속에서도, 그 환하고 새로움을 보여 주기 위하여 애타던 모습을 감출 수 없었다.

애수적인 진달래, 수줍은 처녀와 같은 진달래, 그러나 새롭고, 화안하고, 어여쁜 진달래꽃들이 몇백 년의 역사를 지닌, 맑고 파아란 고려의 꽃병 속에 꽂혀서 말없이 웃고 있지 않은가.

나는 가만히 눈을 감으면서 산마다, 언덕마다, 또한 낭떠러지마다, 봄이면 봄마다 으레 피어나는 무수한 진달래 숲을 연상하여보았다.

○

어릴 때에 보던 모란봉(牡丹峯) 위의 진달래, 나의 고향의 진달래, 한 송이 따서 입속에 넣던 아기 진달래.

진달래 동산으로 유명한 영변(寧邊) 약산(藥山) 동대(東臺)의 진달래.
바위틈마다, 바위들을 뒤덮을 듯이 피어나오던 진달래.
분홍 치마들을 깔아 놓은 듯이 동대 위를 덮었던 진달래,
30대의 소월이가 노래하던 약산 동대의 진달래
20대의 나도 구경 갔던 동대의 진달래. 평안북도라, 5월에야 늦게 피던 진달래였다.

봄마다 진달래는 우리 땅 어느 산에도 어느 언덕에도 피어나왔다. 우리는 해마다 진달래를 보고서 봄을 느꼈고, 봄을 꿈꾸었다.

○

우리나라 산에 서 있는 특색 있는 나무는 소나무다.
초동(草童)도 벌부(伐夫)도 소나무는 자르지 않는다.

우리나라 산에 피어나는 특색 있는 꽃나무는, 두말할 나위 없이, 고운 진달래꽃이다.

자르고, 베어내도, 그냥 퍼져 나가고, 그냥 무성해서, 제일 먼저 산과 언덕을 봄의 얼굴로 단장한다.

오늘 아침, 애들이 꺾어 온 진달래는 아무 말이 없이 나의 책상 위에 꽂혀 있다.

봄을 지니고 온 진달래이기는 하지만, 그것을 대하는 나의 마음속에는 그 따뜻하고, 아지랑이같이 곱던 꿈이 흩어져버린 지가 오래다.

어둡고, 차디찬 긴 겨울밤이 언제나 지나가고, 마음속에 아늑한 새봄을 맞이할 수 있을까?

창밖에는 아직도 회오리바람이 끊이지 않고, 별을 볼 수 없이 뿌얀 안개와 구름에 싸여 있다.

새말갛고 파아란 고려자기 꽃병 속에 꽂혀 있는 저 진달래들도, 기나긴 겨울과 바람 찬 긴 밤이 밝아 오기를, 얼마나 기다렸을까?

○

봄의 천사인 양, 새롭고, 예쁘고, 화안한 진달래의 얼굴을, 나는 또 한 번 쳐다보았다.

『동아일보』(1957. 4. 14)

보리

1

보리.

너는 차가운 땅속에서 온 겨울을 자라왔다.

이미 한 해도 저물어, 벼도 아무런 곡식도 남김없이 다 거두어 들인 뒤에, 해도 짧은 늦은 가을날, 농부는 밭을 갈고, 논을 잘 손 질하여서, 너를 차디찬 땅속에 깊이 묻어 놓았었다.

차가움에 응결된 흙덩이들을, 호미와 고무래로 낱낱이 부숴 가며, 농부는 너를 추위에 얼지 않도록 주의해서 굳고 차가운 땅 속에 깊이 심어 놓았었다.

"씨도 제 키의 열 길이 넘도록 심으면, 움이 나오기 힘이 든다."

옛 늙은이의 가르침을 잊지 않으며, 농부는 너를 정성껏 땅속 에 묻어 놓고, 이에 늦은 가을의 짧은 해도 서산을 넘은 지 오래 고, 날개를 자주 저어 까마귀들이 깃을 찾아간 지도 오랜, 어두운 들길을 걸어서, 농부는 희망의 봄을 머릿속에 간직하며, 굳어진 허리도 잊으면서 집으로 돌아오곤 했다.

2

온갖 벌레들도, 부지런한 꿀벌들과 개미들도, 다 제 구멍 속으로 들어가고, 몇 마리의 산새만이 나지막하게 울고 있던 무덤가에는, 온 여름 동안 키만 자랐던 억새풀 더미가, 갈대꽃 같은 솜꽃만을 싸늘한 하늘에 날리고 있었다.

물도 흐르지 않고, 다 말라버린 갯강변 밭둑 위에는 앙상한 가시덤불 밑에 늦게 핀 들국화들이 찬 서리를 맞고 고개를 숙이고 있었다.
논둑 위에 깔렸던 잔디들도 푸르른 빛을 잃어버리고, 그 맑고 높던 하늘도 검푸른 구름을 지니고 찌푸리고 있는데, 너, 보리만은 차가운 대기 속에서도 솔잎과 같은 새파란 머리를 들고, 하늘을 향하여, 하늘을 향하여 솟아오르고만 있었다.

이제, 모든 화초는 지심(地心) 속에 따스함을 찾아서 다 잠자고 있을 때, 너, 보리만은 그 억센 팔을 내뻗치고, 새말간 얼굴로 생명의 보금자리를 깊이 뿌리박고 자라왔다.

날이 갈수록 해는 빛을 잃고, 따스함을 잃었어도, 너는 꿈쩍도 아니하고, 그 푸른 얼굴을 잃지 않고 자라왔다.

칼날같이 매서운 바람이 너의 등을 밀고, 얼음같이 차디찬 눈이 너의 온몸을 덮어 엎눌러도, 너는 너의 푸른 생명을 잃지 않았었다.

지금, 어둡고 찬 눈 밑에서도, 너, 보리는 장미꽃 향내를 풍겨오는 그윽한 6월의 훈풍과, 노고지리 우짖는 새파란 하늘과, 산밑을 훤히 비추어 주는 태양을 꿈꾸면서, 오로지 기다림과 희망속에서 아무 말이 없이 참고 견디어 왔으며, 5월의 맑은 하늘 아래서 아직도 쌀쌀한 바람에 자라고 있었다.

3

춥고 어두운 겨울이 오랜 것은 아니었다.
어느덧 남향 언덕 위에 누렇던 잔디가 파아란 속잎을 날리고, 들판마다 민들레가 웃음을 웃을 때면 너, 보리는 논과 밭과 산등성이에까지, 이미 푸른 바다의 물결로써 온 누리를 뒤덮는다.

낮은 논에도, 높은 밭에도, 산등성이 위에도 보리다.
푸른 보리다. 푸른 봄이다.

아지랑이를 몰고 가는 봄바람과 함께 온 누리는 푸른 봄의 물
결을 이고, 들에도, 언덕 위에서도, 산등성이 위에도, 봄의 춤이
벌어진다.
푸르른 생명의 춤, 새말간 봄의 춤이 흘러넘친다.
이윽고 봄은 너의 얼굴에서, 또한 너의 춤 속에서 노래하고 또
한 자라난다.

아침 이슬을 머금고, 너의 푸른 얼굴이 새날과 함께 빛날 때에
는, 노고지리들이 쌍쌍이 짝을 지어 너의 머리 위에서 봄의 노래
를 자지러지게 불러대고, 또한 너의 깊고 아늑한 품속에 깃을 들
이고, 사랑의 보금자리를 틀어 놓는다.

4

어느덧 갯가에 서 있는 수양버들이 그의 그늘을 시내 속에 깊
게 드리우고, 나비들과 꿀벌들이 들과 산 위를 넘나들고, 뜰 안에
장미들이 그 무르익은 향기를 솜같이 부드러운 바람에 풍겨 보

닐 때면, 너, 보리는 고요히 머리를 숙이기 시작한다.

온 겨울의 어둠과 추위를 다 이겨내고, 봄의 아지랑이와, 따뜻한 햇볕과 무르익은 장미의 그윽한 향기를 온몸에 지니면서, 너, 보리는 이제 모든 고초와 비명을 다 마친 듯이 고요히 머리를 숙이고, 성자인 양 기도를 드린다.

5

이마 위에는 땀방울을 흘리면서, 농부는 기쁜 얼굴로 너를 한 아름 덥석 안아서, 낫으로 스르릉스르릉 너를 거둔다.

너, 보리는 그 순박하고, 억세고, 참을성 많은 농부들과 함께 자라나고, 또한 농부들은 너를 심고, 너를 키우고, 너를 사랑하면서 살아간다.

6

보리, 너는 항상 순박하고, 억세고, 참을성 많은 농부들과 함께, 이 땅에서 영원히 사라지지 않을 것이다.

『동아일보』(1955)

길

○

우리 동네에는 여러 갈래의 길이 동리를 통해 나갔다.

동리 앞에 놓인 논둑으로 나가는 좁은 길가에는, 늙은 수양버들이 짙은 그림자를 드리우고 서 있고, 그 바로 아래에는 돌로 쌓아 올린 우물이 있었다.

우물로 들어가는 길은 늘 질벅질벅하고, 반지르르하였다.

뒤 언덕 밤나무 숲으로 올라가는 좁은 길 위에는 언제나 소똥과 개똥이 떨어져 있었다.

이 길로 할아버지는 날마다 소를 몰고 언덕을 넘어다니셨다.

○

    동리 가운데를 통해서, 개울을 건너 뒷마을로 건너가는 길 위에는 작은 시멘트 다리가 놓여 있었다.

    그 다리 위에선 길을 가는 손님들이, 가끔 앉아서 쉬어 가는 것이 눈에 띄었다.

    개울 양쪽에는 전선주보다도 높은 포플러나무들이 줄을 치고 서 있었으므로, 다리에는 항상 서늘한 그늘이 드리워져 있었다.

    그늘도 좋았지만, 다리 아래로 흘러내리는 물은 언제나 새맑고, 아름다웠다.

    갯강변에는 쟁피잎들과 갈대들이 파랗게 들어서 있었고, 틈틈이 휘불어 오는 바람에 우수수 소리를 칠 때도 있었다.

    나는 이 다리 아래서 동무들과 함께 그물로 고기를 잡던 어린 시절도 있었다.

    어떤 수염이 흰 노인이 보퉁이를 옆에 놓고 앉아서, 긴 담뱃대를 물고 우리들을 내려다보고 계셨던 옛일도, 이 다리를 볼 때마다 생각이 되살아났다.

    또한, 이 길은 우리 동리 앞을 지나 나가면 널따란 신작로와

합해졌고, 장날마다 사람들은 이 길로 쉬지 않고 왔다갔다하였다.

이 길옆에 살고 있던 사람들은 아침마다 마당을 쓸기에 바빴다. 마당이라기보다는 길을 쓰는 것이었다.

우리는 장거리에 있는 학교로 갈 때마다, 늙은이들이 비를 들고 개똥과 지푸라기 들을 쓸어서 두엄간에 몰아넣는 것을 여러 번 볼 수 있었다.

○

들로 나가는 길, 밭으로 올라가는 길, 그 밖에도 여러 갈래의 길이 있었다.
그 가운데는 우리 동리에서도 가장 길답지 않은 길도 있었다.
험하고, 오불꼬불한 길, 울퉁불퉁한 길은 뒷산으로 올라가는 뒷잿길이었다.

어려서부터, 우리는 나무를 하러 이 길을 수없이 오르내리었다.
동리를 떠나서, 십 리나 오불꼬불 언덕길을 기어올라가야 뒷

산에 이르렀다.

오불꼬불한 길을 질러서 올라가는 지름길에는 자칫하면 큰 웅덩이에 빠지는 곳도 있었고, 불쑥 나온 바위 위를 넘어야 하는 곳도 많았다.

성미가 급한 사람이거나, 젊은 애들만이 올라갈 수 있는 지름길이었다.

나무를 한 짐 가득 지고는 내려올 수도 없는 길이었다.

길은 누가 내었는지 나는 잘 알 수가 없지만, 처음으로 이 길을 밟은 사람은 아마 몇천 년 전에 걸어갔을 것이라고 생각되었다.

그동안 이 길을 걸어간 사람은 몇 명이나 되는지 나는 헤아릴 재주가 없다.

빤빤해진 길바닥을 보아서, 수없이 많은 사람과 수없이 많은 부류의 사람이 지나가고 있었다는 것만은 쉬이 알 수 있는 일이었다.

그 많은 사람이 다 이 오불꼬불한 길을 밟아서 지나갔다는 것은, 필경 사람의 마음은 누구나 다 한결같다는 것을 말해주는 것 같이 생각되었다.

오르고 내릴 때마다 이 길보다 더 빠르고 좋은 코스가 없을까 하고 찾아도 보았으나, 바로 이 길밖에 더 좋은 길을 찾을 수 없었다.

○

우리 동리에는 여러 갈래의 길이 이리저리 뚫려져 나갔으나, 이 길보다 더 좋은 길이 새로이 발견되지는 않았다.

어느 길이나 다 그 길이 가야 할 곳을 이리저리 꿰뚫어 나갔다.

하나도 길답지 않은 길은 없었고, 길은 언제나 제 갈 곳을 가고 있는 올바른 길이었다.

○

길은 언제나 우리가 가고자 목적하는 곳으로 인도해주는 것이었다.

우리가 술 취한 사람마냥 삐뚜로 떨어지지 않는 이상, 우리가 가려는 곳까지, 쉽게 인도해 주었다.

지금도, 우리 동리엔 여러 갈래의 길이 통해서 나간다.

『수필』(1965)

닭 울음

닭 울음!

때를 알리는 닭의 울음은 동서고금을 통하여, 항상 사람의 기쁨과 슬픔의 느낌을 일러주고, 혹은 느끼게 하는 신비스러운 음향이며, 또한 미묘한 새의 울음이라고 생각한다.

예수께서는 그가 가장 사랑하던 제자 베드로가, 닭이 울기 전에 당신을 원수들 앞에서 모른다고 세 번 부인하리라는 것을 예언하시었다.

이때 베드로는 그러한 일은 없을 것이라고 맹세하였다.

그러나, 베드로는 과연 예수의 말씀대로, 자기도 알지 못하는 사이에, 세 번이나 예수를 모른다고 부인하고, 원수들의 틈에서 생명을 건져 가까스로 숲 사이로 도망하여 나오던 순간, 닭의 울음에 놀라서 엎드렸던 것이다.

이날, 이때, 베드로의 귀를 울려주던 닭의 울음은 확실히 실망에 가까우리만큼 슬픈 울음이었을 것이다.

오늘 아침에도 나는 닭의 울음을 듣고서 피곤한 잠을 깨었다.

가만히 누워서, 자주 들리어 오는 기다란 닭의 울음을 들으면서, 나는 어쩐지 새로운 광명의 날이 밝아오는 듯한 유쾌함을 느끼었다.

실은, 오늘이 두 번째 맞이하는 해방 2주년의 국경일인 것이다.

나는 작년 이날에도 새벽의 닭 울음을 들었고, 재작년 이날에도 닭 울음을 들었다.

재작년 이날에는, 이북 고향에서 날이 채 새기 전에 닭의 울음을 들었다.

그러나 이날 새벽, 닭의 울음을 듣고, 나는 별다른 감상 없이 일어나서, 조반을 먹자 곧 산으로 올라가버렸다. 그리고, 나의 집이 들어앉아 있는 작은 마을을 한나절 내려다보고 있었다.

뜻밖에도 이날 오후가 되어서, 평양에서 친구가 땀을 흘리면서 자전거를 타고 왔다.

왜왕의 항복을 알려 주기 위함이었다.

"오! 하느님!"

나는 감격하였다. 울었다. 너무나 기뻐서 눈물이 나왔다.

사십 년 동안 나의 몸속에 서리었던 붉은 피가, 심장으로 한꺼번에 용솟음쳐 모여드는 것을 감각하였다.

아내와 애들도 다 나와 같은 마음이었고, 마을의 애들도, 늙은이들도 다 그러하였다.

이날부터 나와, 그리고 모든 대한 사람은 흥분과 감격 속에서 날마다 지내왔던 것이며, 새로운 희망 속에서 날이 셀 때마다 닭의 울음을 듣곤 하였다.

오늘도 닭의 울음을 들으며 일어나자, 흐릿한 하늘을 우러러, 우리의 새로운 희망이 빨리 이루어지기를 하느님께 기도하였다.

일찍부터 서둘러대는 큰아이를 데리고 해방기념식장인 서울운동장으로, 거리를 휩쓸면서 몰려가는 다 같은 동포들의 틈에 끼어서 밀리어 갔다.

한 폭의 국기 위에 마음을 한데 모으고, 한 숨결로써 애국가를 부르는 순간, 나는 지상에서 가장 아름다운 인간의 순정을 감촉하지 않을 수 없었다.

인간으로 태어난 것이 기쁘고, 약한 겨레이나마 한마음 한뜻으로 새로운 국가를 이룩하리라는, 나와 꼭 같은 마음으로 울부짖는, 나의 겨레가 있다는 것이 한층 더 미쁜 것이었다.

이 마음과, 이 소원을 이루는 곳에, 우리의 참다운 사업과, 아름다운 예술과 문화가 있다는 것을 생각할 때, 나는 대한 사람이 되어서, 이러한 세대에 태어난 것을 보다 더 행복하게 생각하고 자랑하고 싶었다.

큰아들을 부둥켜 일으키어, 군중들 틈에 서서, 태극기를 선두로 행진하는 대한의 젊은 병사들을 바라다보았다.
미국 뉴욕시의 브로드웨이를 물밀듯이 행진하는 병사들을 노래한 시인 휘트먼[3]을 생각하면서, 나는 열심히 젊은 대한 병사들의 기운찬 행진을 바라보았다.

군중은 열렬한 박수를 퍼부어 보냈다.
군중 속에 서 있던 칠십이 넘은 한 노인은, 나를 바라보면서 이렇게 말하였다.
"나는 오늘, 처음으로 우리 한국 병정들을 보오. 참 씩씩도 하오!"

---

3   월트 휘트먼(Walt Whitman, 1819~1892). 19세기 미국을 대표하는 시인이며, 『풀잎(Leaves of Grass)』 등의 시집이 있다.

그는 가까스로 이렇게 한마디 말을 마치자, 누런 손수건을 꺼내어서 움쑥 들어간 그의 두 눈의 눈물을 씻었다.

나도 "네, 네……"하고 대답을 하였을 뿐, 나의 두 눈자위가 뜨거워지는 것을 느끼었다.

> 젊은 병사들이 행진하는
> 브로드웨이를 나에게 달라!
> 나팔과 군고(軍鼓)의
> 우렁찬 노래를 나에게 달라!

휘트먼의 이러한 노래를, 나도 마음속으로 열심히 부르짖고 있었다.

『예술조선』(1946)

감

집 울 안에 나무가 서 있는 것은 우리 집만이 아니다.

앞집에는 상록수가 아닌 은행나무가 상록수보다도 더 푸른 얼굴을 하면서 우뚝이 서 있기도 하다.

또, 옆집에는 우리나라 나무 중에서도 잎이 제일 크기로 유명한 오동나무가 전선주와 키를 겨누면서 높이 자라나고 있다.

그 밖에 석류나무, 대추나무, 향나무, 버들, 등넝쿨 들이 담을 덮은 집들도 있다.

"나무는 집의 옷이다."

이런 말을 들은 지는 벌써 오랜 일이지만, 나무 한 그루 없는 집은, 과연 어딘가 허전해 보이고, 발가숭이같이 보이기도 한다.

사실, 나무는 넓은 벌판을 옷 입히고, 시내와 골짜기를 옷 입히고 있다고 해도 과언은 아니다.

그렇게 본다면 나무와 온갖 초목은, 크게 말해서, 온 지구를 옷 입히고 있는, 7색 무지개의 빛을 지닌, 하나의 커다란 옷이라고 해도 좋을 것이다.

이 옷이야말로, 형형색색의 모든 무늬와 신비스러운 빛깔을 지닌 하나의 커다란 옷이 아니고 무엇이랴!

지금, 집집마다 울 안에 서 있는 감나무들은 그 푸른 이파리들을 다 떨어뜨리고, 오직 붉은 감알만을 대롱대롱 매달아 놓고 있다.

계절은 이미 상강(霜降)을 지나고, 입동(立冬)이 가까워 오고 있는데, 그 붉은 감알들은 차디찬 서리를 맞으면서도 아침마다 그 색을 더욱 진하게 하고 있다.

온 여름 동안 푸르고 싱싱한 감나무 이파리들은 햇볕과 찬비를 맞아들여서, 그 뿌리를 굵게 하고, 또한 깊게 하여 주었다.

또는, 꽃들을 이룩하고, 비와 바람에서 꽃들을 고이 감싸서 보호하여 주기도 하였다.

잎들은 이렇게 온 봄철과 여름을 싸우고 나서, 지금은 모두 땅 위에 떨어져서 고요히 잠자고 있다.

이제, 그 보풀고, 매끄럽고, 곱고, 붉은 감알들이 옹기종기 매달려서, 흰 구름 한 점 없는 높고 맑은 가을 하늘을 고요히 등에 지니고, 푸른 보자기 속에 보석같이 박혀 있지 않은가!

애들도, 어른들도, 이가 없는 늙은이들도 다 좋아하는 감이다.

누구나 쳐다보면 목에서 침이 넘어가는 그 달고, 시원하고, 향긋한 감이다.

온몸에 이슬비를 머금고 8월의 뙤약볕을 맞아들인 감이다.

부드러운 여름밤엔 이슬을 머금기도 하고, 수없는 유성(流星)의 그림자를 그 위에서 흘러보내기도 하고, 또한 가을의 맑고 흰 달을 그의 품에 품기도 한 감이다.

이제 몇 밤의 찬 서리에 한 번 더 부대껴 나면, 그 괴로웠던 떫은 속이 모두 녹아버리고, 혀를 녹일 듯한 단맛만이 남아 있는 달콤한 감이 될 것이다.

개 짖는 소리와 함께 애들은 밤마다 감을 향하여 돌과 몽둥이를 던진다.

"여보, 또 개가 짖어요! 애들이 또 감을 따나 봐요!"

아내는 성가시게도, 잠들고 있는 나를 깨운다.

"놔두우. 몽둥이와 돌은 열매를 맺는 나무에만 던진다는 옛사람의 말이 있지 않소!"

나는 12세기 로마의 시인이었던 세네카의 말을 빌려 아내를 만류한다.

Sticks and stones are thrown into the fruit-bearing tree.

우리 집 울 안엔 아직도 몽둥이와 돌에서도 견디어 낸 몇 알의 익은 감이 남아서 푸른 하늘 한복판에 매달려 있다.

모든 쓴맛과 떫은맛이 다 사라지고, 어린애와, 어른과, 늙은이도 다 좋아할 단감이 아직도 몇 알이 매달려 있다.

『동아일보』(1956)

집

○

　네 귀에 기둥이 서 있고, 햇빛과 공기가 통할 수 있는 창문과, 사람이 드나들 수 있는 문이 있다고 해서 그것을 우리는 '우리 집'이라고 부른다.

　그러나, 그것은 물체를 말하는 것이므로, 하나의 House이지 Home은 아니다.

○

　방이 넓고, 크고, 화려한 현대적인 House도 있고, 단 한 간 방에 더위도 추위도 잘 막아내지 못하는 판자로 둘러친 집도 있다.

이런 것은, 영어로 친다면, House라기보다도 Shack⁴나 Hut⁵일 것이고, 에스키모의 말로 친다면 얼음으로 둘러친 Igloo 같은 것이다.

그러나, 나는 우리의 집이 House이거나, Shack, Hut, Igloo이거나, 또는 화려한 Mansion이거나, Villa나, Castle이거나, Palace이거나, 그런 물질적인 것을 말하는 '우리 집'이 아니다.

○

우리 집 속에는 고운 화초를 심은 화분이 없어도 좋다.
그 대신, 샛별같이 반짝이는 두 눈을 갖고, 초저녁 하늘 위의 별들을 헤아릴 수 있는 아들애와 딸들이 있어서, 별나라, 달나라의 이야기로 꽃을 피워 줄 수 있다면 그만이다.

그들은 '우리 집'의 꽃이며, 우리나라의 희망이다.
'우주선'의 만화를 베갯머리에 편 채로 놓아두고, 가느다란 숨

---

4   판잣집이나 판잣집 같은 건물.
5   오두막.

소리로 고요히 잠자고 있는 그들의 얼굴을 들여다보라!

얼마나 귀엽고, 사랑스럽고, 알뜰한가?

그 희고, 보드랍고, 따스한 볼을 가만히 쓰다듬어 볼 때, 우리의 가슴은 흐뭇한 사랑의 전파로 채워지고, 애정의 뜨거운 샘 속으로 잠기지 않는가?

지금, 이 고요한 밤에, 그러나 길고, 추운 이 밤에 무엇을 꿈꾸고 있을까?

○

자동세탁기도, 식기세탁기도, 냉장고도, 아무것도 없는 '우리 집'에서, 새벽부터 해가 떨어질 때까지, 온갖 집일을 하기에 눈코 뜰 새가 없는 아내의 손을 잡아 보면, 한 해, 한 해 굳어져서 지금은 장작과도 같다. 파리하다.

두 손 위에는 연륜인 양 셀 수 없는 주름살이 깊어가고 있다.

이러한 삶의 페이소스(pathos)를 지닌 아내의 손을 잡아 보는 마음은 한없이 서글프기도 하다.

그러나, 우리는 영원불멸의 immortal이 아니다.

그보다도 우리는, 가느다란 실주름 속에 싸여 있는 아내의 두 눈 속에서 무엇을 바라볼 수 있는가?

그 깊이도 알 수 없는 애정의 빛이 더욱더욱 깊어 가고 있는 것을 바라볼 수 있지 않은가?

그 깊은 정, 유한에서 무한을 바라볼 수 있는 정, 무한대한 정을, 또한 무한대한 힘을 바라볼 수 있지 않은가?

'우리 집'이 갖고 있는 그 아늑한 정, 그 무한대한 힘이 언제나 길이 '우리 집'에 깃들이고, '우리 집'에 보금자리를 마련해 줄 것이다.

○

'우리의 집', 이는 언제나 우리가 정답게 부를 수 있는 영원한 '우리 집'이 되어야 할 것이다.

『동아일보』(1956)

산

"하느님은 하나의 뱀의 구멍을 위해서 모든 신비와 기적
을 지니고 있는 이 높은 산을 창조하시었다."

– 피에르 코르네유[6]

1

'세계의 지붕'이라고 알려진 티베트(Tibet)도 높은 산이 많지
만, 우리나라와 같이 산이 많은 나라도 드물 것이다.

산은 보면 볼수록 정다워지고, 친해진다.
푸른 하늘 복판에 능선을 그림(silhouette)하고, 고요히 앉아 있
는 먼 산을 바라보면, 어느 인자하신 어머님의 깊은 품과도 같은

---

6   피에르 코르네유(Pierre Corneille, 1606~1684). 프랑스의 극시인이며, 프랑스 고
전 비극의 아버지로 불린다.

느낌을 갖게 하여준다.

　동이 터오는 새벽에 산을 바라보면, 갓 떠오르는 햇빛을 이마 위에 받은 부처님이 고요히 앉아서 염불을 하고 있는 것과도 같이 보인다.
　산은 언제나 성자의 모습을 지니고 있다.

　붉은 노을이 서편 하늘 위에서 우산살같이 퍼져 나갈 때에는, 산도 또한 검붉은 빛을 온몸에 서리며, 장엄하고 억센 장군과도 같은 위엄을 나타내주기도 한다.

　무엇보다도 산은 크다.
　산은 위대한 존재다.
　마음이 울적하고 괴로울 때마다, 그 높고, 큰 산의 장엄한 모습을 바라보면, 마음속이 시원해지기도 한다.
　산은 또한 우리의 스승인 양 말없이 인자하고, 미쁘고, 위대한 것이다.

2

산을 보고, 산을 배우면, 산과 같이 신비로운 것은 없을 것이다.

봄이면 봄, 여름이면 여름, 가을이면 가을, 또 겨울이면 겨울, 계절을 따라가면서 그의 표정은 형용도 할 수 없으리 만큼 변화해간다.

그뿐인가? 산은 시시각각으로, 언제나 그의 표정을 달리한다.

날이 맑을 때도, 흐릴 때도, 혹은 바람이 불거나, 고요할 때도, 또한 비나 눈이 내릴 때도, 산은 언제나 그 표정을 잃지 않는다.

그는 언제나 외계에서 오는 분위기에 대하여 감수적이며, 또한 하나의 시인인 양 온갖 감정을 부드럽게, 곱게, 또한 거칠고 무섭게 보여준다.

3

산은 그의 커다랗고, 깊고, 넓은 품안에 온갖 생물을 품어주고, 또한 그들을 키워준다.

소나무, 잣나무, 밤나무, 섶나무 같이 크고 우람찬 나무들도 품고 있지만, 진달래, 싸리, 머루, 다래, 칡덩굴이나, 꽃피는 온갖 풀과 약초까지도 다 그의 품에 품어준다.

굴밤을 좋아하는 다람쥐와 약초를 즐기는 토끼도 품어주지만, 이것들을 헤치는 여우, 이리, 곰이나 범 같은 맹수들까지도 산은 다 같이 감싸준다.

부지런한 벌들에게는 단꿀도 제공해 주지만, 독사에게는 무서운 독까지도 마련해 준다.

이러한 산의 품이기에 관대하고, 인자하다고 할 수 있지 않은가?

이렇게도 관대하고, 인자하기 때문에 산의 품안에서는 뜰 위에서보다 더 많은 생물이 살고 있는 것이 아닐까?

발레리[7]의 말과 같이, 산의 호흡과 생리는 참으로 신비로운 것이라고 말하지 않을 수 없다.

몇 번인가, 비행기를 타고 하늘 위에 올라서 우리의 산을 내려

---

7   폴 발레리(Ambroise-Paul-Toussaint-Jules Valéry, 1871~1945). 프랑스의 시인이자 비평가.

다볼 수 있는 기회를 가졌다.

　참으로, 많은 산이 내려다보였다.

　산이요, 또 산이요, 아무리 넘어 보아도 산이고, 또 산이고, 그
야말로 산 천지였다.

　여기저기, 산골짜기로 하얀 냇물이 굽이굽이 흘러가는 것으로
써 큰 산의 윤곽을 알아낼 수가 있었다.
　산 위에 또 산이요, 능선 위에 또 능선이요, 하늘을 향해서 산
의 물결이 용솟음치듯이 떠올라왔다.

　이렇게도 우리나라에는 산이 많을까 하고 놀랄 지경이었다.

　비행기가 더욱 높이 떠올라가면 갈수록, 끝없이 많은 산이 앞
으로 앞으로 계속해서 떠올라왔다.
　가끔 안개인가 구름인가가 산허리를 감고 있어서, 무한대한
선경(仙境) 같은 느낌을 가지게 하였다.

　구름 위에도, 구름 아래도 오직 산이었다.
　수도 없이 깔려 있는 여러 모양의 모습을 지닌 신비스러운 산
이 내려다보였다.

이런 선경, 이런 신비스러운 산을 내려다보면서, 나는 화백 청전[8] 선생의 안개 낀 산수도를 연상해 보았다.

1956년

---

[8] 청전(青田) 이상범(李象範, 1897~1972). 한국화가로 홍익대 교수 등을 역임했다. 1936년 동아일보사에 근무할 때 일장기 말살 사건에 연루되어 옥고를 치렀다.

새 봄빛

새벽부터 재잘거리는 참새들의 지저귐이 한층 더 또렷하게 들려오는 오늘 아침, 나는 뜰 밖에 가로 드리운 매화 가지들을 유심히 바라보았다.

늦서리가 가신 바로 뒤끝인지, 방울방울 달려 있는 꽃눈들은 눈물이 서려 있는 것 같기도 하다.

아늑한 봄 하늘과 다사로운 태양을 먼저 보고자, 온 겨울을 눈바람 속에서 시달리다 못해 서려 있는 눈물이기도 하다.

이제, 몇 날이 못 되어, 보풀어 올라올 이 꽃눈들이 길고 괴로운 꿈을 깨치고 활짝 피어나서 새로운 봄을 보게 될 것이다.

아지랑이 꿈틀거리는 먼 산봉우리를 볼 수 있을 것이며, 따사로운 햇빛 속에서 맑게 들려오는 산새들의 노랫소리를 귀담을 수 있게 될 것이다.

흰 하늘 높이 서 있는 수양버들의 늘어진 가지가지도 샛노란 빛을 머금고 있다.

마당귀에 서 있는 오동나무의 잎눈들도 뽀오얀 솜털에 싸인 채 동그랗게 보풀어 올라오고 있다.

은행나무의 많은 잎눈보다도 오동나무의 잎눈들이 몇 곱이나 더 커 보인다.

은행나무에 비해서 몇십 갑절이나 더 큰 오동나무의 잎이 잎눈부터가 더 큰 것이 이상할 것은 없다.

사람도 큰 사람은 어려서부터 그 성정을 달리하지 않는가?

길가에 나다니는 어린애들도, 어른들도, 늙은이들도 다 봄을 지닌 듯이 허리를 펴고, 활개를 친다.
이제, 새 봄빛은 앞 언덕을 넘어온 것이 분명하다.

누런 잔디로 둘러싸였던 앞 언덕에는 여기저기 푸른 무늬가 내돋는다.
그 사이의 맑은 푸름 위로 흰 나비들이 쌍쌍이 춤을 추는 것도 눈에 선하다.

먼 산기슭에는 나물 캐는 처녀들이 분홍 저고리를 입고 오르내린다.
얼핏 보면 진달래꽃들이 뭉쳐 있는 듯이 보이기도 한다.

이래저래 새 봄빛은 산과 들과 대기 속에 가득히 차 있는 것이 분명하다.
봄은 나의 눈 속에만 있는 것이 아니라, 어느새 나의 마음속에도 숨어든 것이 분명하다.

"또 새봄을 맞았구나!"

이러한 말이, 나도 모르게, 저절로 나의 입에서 새어 나오는 것을 어쩔 수 없다.

새움들과, 새싹들이 자라 나오는 봄은 확실히 모든 새로운 생명이 꿈틀거리고 약동하는, 희망의 즐거운 계절인 것이다.

어려서도 봄맞이가 즐거웠지만, 나이가 더할수록, 봄맞이가 더 즐거운 것은 나만이 느끼는 야릇한 심정은 아닐 성싶다.

늙은이가 새봄을 맞아 한 해를 더 산다는 것은, 한평생을 더 사는 것 같은 귀한 시간이 되기 때문이다.

늙으면, 한 해 한 해가 한평생과 같은 느낌이 드는 귀중한 시간이 되기 때문이다.

즐겁거나, 괴롭거나, 하루 한 시라도 더 살고 싶은 것이 사람의 상정(常情)이다.

"속아서 산다."

가끔 우리는 이런 말을 한다.

이 말은 어느 철학자의 말보다도 값있는 말이다.

다른 동물들은 다 삶을 즐기면서 살고 있는데, 욕망이 많은 우리 인간은 늘 속아서 살게 마련이다.

그러나, 일생을 속아서 살아도 좋고, 헐벗고 살아도 좋다.

다만 남을 속이지 말고, 참되게 살 수 있는 것이 행복한 것이다.

세상에게 속고, 사람에게 속고, 온통 속아서만 살아야 한다면, 세상은 비극의 막으로 덮이고 말 것이다.

나의 눈앞에 또렷하게 전개되는 새 봄빛과 같이, 나도 그렇게 싱싱하게 싹트고, 새롭게 살아가고만 싶다.

『동아일보』(1957)

화단의 봄

1. 달래

어느덧 대동강이 다 풀리어 나갔다고 생각하였더니, 추녀 끝에 주렁주렁 매달렸던 꽃움들이 다 스러졌다.

이제는 밤이 깊어져서도, 지붕 위에서 눈이 녹아내리는 소리가 마당귀에서 찰둥찰둥 들려온다.

무엇보다도 봄을 가장 육감적으로 알려 준 것은 달래이다.
오늘 아침 조반상 위에는, 색이 아직 파릇파릇한 달래가, 온 겨울 주방에서 묵은 고추장에 발리고, 고소한 깻가루에 섞여서 한 접시 들어왔다.

마늘같이 냄새는 많지 않아도, 매운 듯한, 달래만이 갖고 있는 맛을 씹으면서, 채 녹지 않은 벌판에 나가서 달래를 캐는 처녀애들을 연상해 보았다.

2. 화단

도시에 있는 집들은, 누구의 집이나 다 앞뜰이 좁지만, 우리 집도 그리 넓지 못하다.

그러나, 대문 안 옆에 단 두 평이라도 남은 땅이 있어서, 나는 그곳에 꽃을 심고, 벽돌을 주워서 담을 둘러쌓았다.

이 좁은 모퉁이를 나는 화단이라고 부르고, 여러 가지의 꽃씨를, 봄마다 내 손으로 흙을 들추어 심곤 하였다.

나는, 봄마다, 매일같이 이 화단의 흙이 어서 녹아서 보드라와지기를 기다리고 있다.

3. 꽃씨

꽃씨를 손바닥 위에 놓고서 들여다볼 때에는, 어느 때나 생의 불가사의한 신비를 아니 느낄 수 없다.

그것은 알이 갖고 있는 신비와 꼭 같은 것이다.

꽃씨를 땅속에 묻으면, 얼마의 시일은 어두운 땅속에서 지내야 한다.

땅속의 포근한 품안에서 잠들어 있다가, 하나의 푸른 생명을 창조하여서 파릇한 움과 뿌리로 변화하여, 그 무겁고 굳은 땅을 뚫고 뻗어 나온다.

얼마나 신비로운가!

나는 늘 그 움들이 솟아나오는 것을 들여다보고 앉았을 때가 많다.

그러나, 꽃씨도 자기 키의 열 배 이상의 깊은 땅속에 묻히면, 그만 자라나오지 못하고, 썩어서 죽고 만다는 사실도 알아낼 수 있었다.

4. 아주까리

나의 화단이라는 좁은 구석에, 나는 봄마다 나팔꽃, 다알리아, 백일홍, 봉숭아, 해바라기, 채송화, 염주나무 들을 심어왔다.

그러나, 이번 봄에는 아주까리 씨를 서너 알 얻어 왔는데, 이것을 새로 심어보려고 생각하고 있다.

　지금은 촌에서 기름등을 켜지 않고, 석유불을 켜기 때문에, 아주까리를 별로 심지 않지만, 나는 아주까리를 퍽 좋아한다.

　육칠 척의 큰 키에 넓은 잎들이 피어나와, 손길같이 벌리고 서 있는 것을 볼 때에는 남국의 해변가에 서 있는 야자수를 연상시켜 주는 그것을 나는 좋아한다.

　더구나 도시에 있는 사람들에게는 아주까리가 퍽 색다른 맛을 주는 것이니, 집마다 마당 한구석에 두어 나무씩 심어 놓으면 좋지 않을까?

　씨의 신비를 사랑하던 앙드레 지드를 생각할 때, 나는 더욱 화단의 봄을 기다린다.

『문예독본』(1947)

새

새여! 나는 새여!
우리들과 제일 가까이 살고 있는 날짐승이여!

보통 동물은 네 발로 걷고 있지만, 새, 너희들은 두 발로 걷고,
두 날개로는 창공을 날고 있지 않은가?

소나, 개나, 고양이는 네 발로 걷고 뛰고 하지만, 사람은 두 발
로 걷고 뛰고 하면서, 두 팔과 손으로 온갖 재롱을 다 부려 보려
고 하지 않는가?

그러나 새, 너는 우리의 두 개의 팔 대신에 날개를 마련해서
높은 창공을 마음대로 날 수 있어서, 우리가 늘 부러워하는 바가
아닌가?

그래서, 우리는 날개 아닌 손으로, 손재주로, 비행기를 만들어
서 너와 마찬가지로 창공을 날 수가 있는 것이다.

우리 사람의 손에는 스물여섯 개의 잔뼈들이 있어서, 세상에

있는 어떤 기계보다도 가장 예민하고 능률적인 기계라고 밝혀져 있는 것이다.

그러나, 우리의 손재주로 만든 비행기로서는 새, 너의 나는 모습을 흉내도 낼 수 없는 것이 우리의 사정인 것이다.

새, 너는 너의 나는 재주 하나만으로도 사람들이 너를 부러워해야 할 지경인 것이다.

사람들은 가끔 이런 말을 하였다.

"내가 죽으면, 흰 학이 되어서 푸른 하늘 위로, 신선과 같이, 훨훨 날면서 살고 싶다."

지상에 사는 동물 중에는 기는 놈, 걷는 놈, 뛰는 놈, 또는 나는 놈이 있는데, 너야말로 산 위로, 또는 하늘 높이 날 수 있는 놈이 아닌가?

자기의 키만큼도 날 수 없는 사람이 너를 부러워하고, 너를 아끼고, 너를 사랑하는 정은 얼마나 마땅하고, 또한 아름다운 정이 아니겠는가?

내가 어려서 말을 처음으로 배우기 시작할 때에, 날아다니는 새로는 참새를 처음으로 알았던 것이다.

처마 구멍 속에 집을 짓고, 새끼를 기르고, 아침저녁으로 빨랫 줄 위에서 재잘거리던 참새들을.

또, 봄이 오면 날아오고, 가을이 오면 강남으로 돌아가는 제 비들.

간혹, 지붕 위에 까치가 앉기도 하고, 겨울이면 검은 까마귀들 이 떼를 지어서 흰 눈이 덮인 벌판 위를 날아다니는 것도 볼 수 있었다.

더구나, 하늘 높이 독수리나 솔개가 나는 것을 볼 때에는 말할 수 없는 신비감을 느끼기도 하였다.

또한, 열을 지어, 군대 모양으로, 'ㅅ'자 편대를 지어서 보름달 을 '실루엣(silhouette)'하고 지나가는 기러기 떼를 바라볼 때에는 일종의 황홀감까지 느끼기도 하였다.

두 날개로 날아다니는 것은 모두 새라는 것을 어렸을 때 하나 하나 배울 수 있었다.

그 뒤, 내가 자라남에 따라서, 별로 날 수는 없어도 날개를 갖 고 있는 것은 다 새에 속하는 것이란 사실도 알 수 있었다.

뜰 안에 기르고 있는 닭이라든지, 오리, 거위, 칠면조 들은 그렇게 잘 날 수는 없으나, 두 날개를 갖고 있는 새라는 것을 알 수 있었다.

동물원에서, 우리나라에 없는 새들도 많이 알 수 있었다.
공작, 앵무새, 카나리아, 타조에 이르기까지 지구상에는 수천 종의 새가 있는 것을 알 수 있었다.
이 세상에 아름다운 동물이 있다면, 그것은 새들이요, 아름다운 식물이 있다면, 그것은 꽃을 피우는 수천 종의 꽃나무라고 생각하게 되었다.

꽃은 한 곳에 피어서 향내를 피우며 웃고 있는 모양이 곱지만, 새는 노래도 하고, 춤도 추고, 날아다니는 것이 더 율동적이고, 아름다운 것이다.

이렇게 아름다운 새들이 내가 늙고 있는 지금에는 왜 줄어가고 없어져 가고 있나?
학, 두루미, 백로도 보기 드물고, 까마귀, 까치까지도 보기가 드물다.
해조(害鳥)라고 불리던 참새조차 잘 볼 수가 없지 않은가?

나락이 익는 가을마다 논과 밭에 실오라기, 헝겊이 날리고, 밀

짚모자를 씌운 허재비(허수아비)들이 세워져 있고, 새끼줄에 매달린 빈 깡통들이 소리를 내서 참새를 쫓아내던 그런 풍경조차 볼 수 없는 오늘이다.

'참새 불고기'를 즐기는 사람들 때문인가?

우리가 기르는 닭과 오리도 얼마든지 있지 않나?

총을 둘러메고 들로, 산으로 헤매는 사람들같이 미운 사람은 없다.

얼마 안 가서, 그 노래 좋은 뻐꾹새, 장끼, 까투리가 다 멸종되지 않을까 염려스럽다.

우리나라의 인구는 날로 늘어나고, 새들은 날로 줄어든다.

사람의 인권도 귀중하지만, 새의 생존권도, 다른 동물들의 생존권도 다 평등해야 하지 않을까?

어렸을 때, 외가를 찾아서 시골에 가면, 흰 눈이 덮인 벌판 위에 까치와 까마귀 떼가 날아다녔다.

아침에 까치가 대추나무의 앙상한 가지 위에 와서 울면 "아침 까치는 떡 까치"라고 외할머니가 나에게 일러주셨다.

아침 까치가 울면, 손님이 오신다는 것이고, 그 손님이 떡을 해 가지고 오신다는 것이다.

내가 늙어가는 오늘에는 시골에 나가보아도 까치 한 마리 볼 수가 없다.

흰 눈이 덮인 벌판 위로 꼬리가 희고 긴 까치 한 마리라도 날아다니는 것을 보고 싶은 아쉬운 마음뿐이다.

『대구매일신문』(1970)

제비

○

제비는 철새다.

봄에는 오고, 가을에는 간다.

그갸 오고가는 시간은 인생의 덧없음을 느끼게 한다.

그가 오고가는 공간은 집을 멀리 떠나온 사람들에게 슬픈 노스탤지어를 가져다 준다.

제비는 꾀꼬리나, 카나리아나, 앵무새와 같이 울긋불긋하게 번거로운 색깔을 갖는 대신에, 흰 가슴에 검은색 신사복을 점잖게 입고 있다. (꽁지가 더 신사복과 같기 때문에 연미복(燕尾服)이라는 말이 생겼는지 모른다.)

검은색 벨벳(velvet)같이 빛깔이 곱고 윤택한 몸매는, 다른 어떤 새에 비해서도 날쌔게 생기고, 깨끗하게 생긴 것이다.

툭 나온 가슴 속으로부터 굴러나오는 그의 노래, 구슬을 굴리는 듯한 그의 노랫소리를 들으면 그의 마음속도 점잖고, 맑고, 아름다울 것 같다,

참새나, 메추리나, 꿩 같은 것은 나는 모양이 제비에 비해서는 소걸음이요, 오리걸음인 것이다.

독수리나, 매라고 할지라도 제비의 나는 모양을 흉내조차 낼 수 없는 것이다.

조인(鳥人)이라고 불리는 제트기 조종사도 제비의 나는 모양을 따르려면 아직도 감감한 것이다.

아마 불가능할지도 모른다.

○

사람과 가까이 사는 동물로는 물론, 개, 고양이, 돼지, 소, 닭들을 들겠지만, 그러나 야생조류로서 사람과 가까이 살고 있는 것은 오직 제비뿐이라고 할 것이다.

참새도 아침저녁으로 지붕 위에서나 나뭇가지 끝에서 종알거리지만, 제비와 같이 집 처마마다 집을 짓고 사는 것은 아니다.

제비는 곱고, 착하고, 신사와 같이 믿음성이 있어서 사람을 믿고, 친하여 사는지도 모른다.

참새는 그 눈부터가 죄를 저지른 도둑같이 동그랗고, 달랑달랑 잠시도 쉬지 않고 고개를 까딱거린다,

사람이 옆에만 가도 질겁을 하고 달아난다. 사실, 가을마다 얼마나 많은 나락(벼)을 먹는가?

아마 그래서 사람들은 제비는 잡지 않아도 다른 새들은 닥치는 대로 잡아먹는지 모른다.

제비는 봄에 집을 짓고, 알을 낳고 까서, 새끼들을 기른다.

비가 오거나, 바람이 불어도, 어디서 잡아오는지 금방 어미 제비는 벌레를 물고 둥지로 돌아오곤 한다.

눈이 채 뜨이지 않는 제비 새끼들이 눈을 감은 채로, 그 커다란 입을 찢어질 듯이 벌리고, 먹을 것을 입에 넣어주기를 기다리면서 '찌이찌이' 소리를 지르며, 날개를 벌리고 우두두 떨어댄다.

여기저기 하얀 털이 하나둘씩 나오기 시작한다.

그것들이 온몸을 곱게 감싸고, 날개가 힘을 얻어서 푸른 하늘로 날아가려면 아직도 여러 밤을 더 자야 한다.

이렇게 길러난 제비 새끼들이 어느덧 처마 끝에서 빨랫줄, 빨랫줄에서 담장을 넘어 새파란 하늘로 올라가는 것을 보면, 생명

을 창조하시는 하느님의 예술이 얼마나 힘차고, 아름답고, 줄기
찬 것인가 하고 새삼 감명을 아니 받을 수 없다.

○

　나락이 누렇게 익어서 고개를 숙이는 가을이 오면, 제비들은 들
로, 벌로, 하늘로, 높이 또는 낮게, 또는 날쌔게 날아다닌다.
　벌레를 잡던 때보다도 더 빠르게, 날쌔게 하늘 높이 나는 것은,
멀리멀리 나는 연습을 하기 때문이다.
　이제, 날이 더 추워지기 전에, 몇만 리 밖인 강남땅으로 되돌아
가야 하기 때문이다.

　수백 마리, 수천 마리가 전선줄 위에 나란히 앉아서 쉬기도 하
고, 회의도 하는 것이다.
　소대, 중대, 대대를 편성하여서 조직적으로 행군할 것을 의논
도 하고, 어떻게 먼 거리를 날아갈 수 있는지, 그 나는 법 등을 강
의하는 것인가?

　이렇게 준비한 후에 그들은 먼 여행을 떠나서, 다시 강남으로
돌아가고, 오는 봄에 다시 올 것을 기약한다.

집을 멀리 떠나서 살고 있는 사람들은 서리 내린 아침, 잠자리마냥, 또다시 깊은 노스텔지어에 사로잡히고 만다.

사람도 철새처럼 집을 찾아다니며 살아야 하나?

사람은 자기가 난 곳을 '집'이라고 하고, '고향'이라고 하지만, 자기가 죽는 곳은 집이 아니고 무엇일까?

집과 고향은 자기가 난, 단 하나의 곳이기 때문에 죽을 때까지도 그리워하는 것일까?

코끼리도, 범도 다 제 굴로 돌아가서 죽는다는 이야기도 있는 것을 우리는 잘 알고 있다.

○

제비는 봄에 오고, 가을에는 간다.

우리 땅에 계절이 오고가는 것을 가르쳐 주는 착하고 고운 새다.

또한, 우리 땅에다 착하고 고운 마음씨를 가진 '흥부'와 욕심꾸러기인 '놀부'의 이야기를 심어 준 것도 제비인 것이다.

제비는 우리와 가장 가까운 곳에 살고 있는, 가장 착하고 가장 고운 새라는 것을 나는 늘 자랑하고 싶다.

○

    제비는 오고가고, 가고오는 새인 만큼, 흘러가는 우리의 마음속에 더욱더 깊은 정서를 새겨 준다.

    오늘도 비행기 드높게 나는 누런 벌판 위를 수없이 많은 제비가 날아다니고 있다.

    돌아갈 날이 가까운 것이다.

○

    추운 계절이 다가오는 이 땅에서 떠나지 말라고 붙잡아 놓을 수도 없는 제비다.

    그러나, 내년 봄이 오면, 강남의 고운 봄을 안고 다시 돌아올 제비들이 아닌가?

○

    제비들은 봄마다, 이른 봄마다 돌아온다.

    제비들은 봄마다 피어나는 고운 진달래와 함께, 이 땅에 봄의 소식을 알려 주는 아름다운 봄의 사자(使者)인 것이다.

『현대문학』(1969)

부드러운 여름밤

　우리나라는 산수와 기상이 좋기로 유명하다.

　곳곳마다 산수가 둘러 있어서 하나의 아름다운 풍경화를 이루고 있는 것이다.

　산곡에서 흘러내리는 샘물이나, 땅속에서 솟아나오는 물은 한없이 신선하고, 새맑고, 맛 좋은 음용수가 되는 것이다.

　중국이나, 유럽의 음용수는 얼마나 흐리고 탁한가.

　또 하나의 신이 주신 혜택은 춘하추동의 네 계절이 뚜렷하게 그 절기를 분명히 해주고 있는 것이다.

　이러한 자연 혜택 속에서 반만년의 긴 역사를 기록해오고 있는 우리 민족의 존재는 세계 어느 나라의 민족사와도 부끄러움 없이 비견할 수 있을 것이다.

　고도 경주에서 80리밖에 안 되는 동해안에 자리잡고 있는 포항에는 봄이 없는 것이 특색이다.

　겨울에는 난류에서 불어오는 바다의 훈훈한 기류로 도리어 아늑함을 느낄 수 있다.

경주에서는 눈이 내리는데, 포항에서는 비가 내린다.

하나는 대륙성 기후권 내에 들어 있고, 하나는 해양성 기후권 내에 들어 있기 때문인가 보다.

그러나, 포항에 봄이 오면, 한류로부터 불어오는 동북풍인 '샛바람'이 얼마나 차갑고 쌀쌀한지, '빙풍(氷風)'이라고 이름 지을 만한 것이다.

남녀노소를 막론하고, 외투와 스웨터를 입하(立夏)가 지나서도 벗지 못한다.

"포항에는 봄이 없다."

늙은이들도 봄이 아쉬워서 이렇게 말한다.

그러나, 장미의 계절인 6월이 되면, 수은주는 갑자기 30도를 넘어선다.

봄을 가로막던 '빙풍'이 갑자기 자취를 감추기 때문이다.

봄의 따스함이 없었던 대신인지, 여름은 무더위를 재빨리 몰아다 준다.

식당에도, 다방에도 선풍기와 에어컨이 장치된다.

그러나, 이런 것들을 가지고서는 더위를 물리칠 수 없는지, 길가에 나다니는 행인들 중에는, 티셔츠나 러닝셔츠 바람으로 오가는 것이 눈에 뜨일 정도다.

좀 더 세월이 변하면, 미니도 쇼트도 아닌 해수욕복을 그대로 걸치고 다니게 되지 않겠는가?

그러나, 낙조가 지고 어둠이 깃들 때가 되면 밤의 대기가 얼마나 싱싱하고, 새롭고, 부드러운지 형언할 수가 없다.

고인이 된 노춘성(盧春城)[9]의 시구가 연상된다.

부드러운 여름밤
껴안고 싶은 여름밤.
이렇게 시원스럽고
새뜻한 여름밤이여.

좀 센티멘털한 듯하나, 포항의 여름밤을 표현한 듯한 느낌이 든다.

과연, 포항에는 봄이 없다.

여름과 가을과 겨울이 있을 뿐이다.

『수필문학』(1970)

---

9   노춘성(盧子泳, 1900~1940). 본명 노자영(盧子泳).『백조(白潮)』의 창간 동인이며, 『신인문학』을 창간했다.

가을 하늘같이

나는 가을 하늘같이 살고 싶다.

그렇게 높이, 그렇게 맑게, 그렇게 푸르게, 그렇게 곱고 빛나고 아름답게 살고 싶다.

안개 끼는 뿌연 봄 하늘이나, 먹구름이 끼는 어두운 여름 하늘이나, 찬바람 몰아오는 찌푸린 겨울 하늘보다도 새맑고 상쾌한 가을 하늘같이만 살고 싶다.

가만히 누워서 창 너머로 별 밝은 가을 하늘을 쳐다본다.

빛나는 큰 별들, 반짝이는 작은 별들, 그리고 수많은 별이 뭉쳐서 흘러가는 듯한 은하수도 물끄러미 바라본다.

참으로 상쾌하다.

바라볼수록 마음이 깨끗하고, 맑고, 밝아 오는 듯 삶의 기쁨마저 느껴 볼 수가 있다.

아무 욕망도 없이 가만히 누워서 가을의 별 밝은 하늘을 쳐다보는 것은 인간이 가질 수 있는 가장 고상한 순간이 아닌가 생각해본다.

Sky is the daily bread of the eyes.
하늘은 우리들의 눈이 날마다 필요로 하는 양식이다.

철인 에머슨[10]은 이렇게 말하였지만, "하늘은 우리의 눈을 통해서 얻을 수 있는 마음의 양식이다"라고 나는 말하고 싶다.

로마의 철인 키케로[11]도 기원전 100년에 다음과 같은 말을 하였다.

The contemplation of celestial things will make a man both speak and think more sublimely and magnificently when he descends to human affairs.
천체의 사물을 명상하는 마음은 인간의 세사(世事)를 계

---

10 랠프 에머슨(Ralph Waldo Emerson, 1803~1882). 미국 시인이자 사상가. 『자연론』 등의 저서가 있다.

11 마르쿠스 툴리우스 키케로(Marcus Tullius Cicero, B.C. 106~B.C. 43). 고대 로마의 정치가이자 저술가.

리(計理)하는 데 보다 고상하고, 장엄하게 사색하고, 또한 행동할 수 있는 마음을 가질 수 있게 만든다. -의역

서양에서는 시인이 아니라도 'Sweet May(훈훈한 5월)'라든지, 'Golden October(황금색 10월)'이라는 말을 누구나 다 쓰고 있다.
가을의 들과 산은 모두 황금색으로 물들기 마련이다.
그러나, 10월의 하늘만은 푸르고, 맑고, 높이 보이는 것이 한국 하늘의 특색이다.

들에 질펀히 누워서 감나무를 한번 쳐다보라.
누런 잎들은 다 떨어지고, 빨간 감알들만이 대롱대롱 매달린 감나무.
커다란 푸른 보자기 속에 붉고 큰 구슬알들이 곱게 담겨 있는 것 같지 않은가?

길가에 두 줄로 나란히 서 있는 포플러들을 바라보라.
그 황금 같은 누런 잎들이 넓고 푸른 호수 위에 떠 있어 너울거리고 있는 것 같지 않은가?

가을 하늘은 이렇게 맑고 깨끗한 거울과 같지 않은가?
우리의 마음속도 저렇게 맑고, 깨끗할 수가 없는가?

나는 가끔 들에 나가서 가을 하늘을 바라본다.

가을은 또한 소리와 음악의 계절이기도 하다.
특히 가을밤은 얼마나 고요하고 조용한지, 여기저기서 들려오는 소리마다 다 아름다운 음악이라고 해도 과한 말이 아니다.

앞뜰의 벼이삭들을 흔들면서 불어오는 바람이라든지, 뒤 언덕에서 흘러내리는 냇물도 다 고운 음악 소리가 아닌가!
더구나, 구석진 섬돌 밑에서 울려나오는 귀뚜라미의 울음은 사람이 만든 악기에서 나오는 소리보다도 더 처량하고, 자연스럽지 않은가!

어쩌다 잠이 오지 않는 밤에, 하늘가로 지나가는 이름 모를 새 소리를 들을 때에는 가슴속이 구슬퍼지기도 한다.
흘러가는 소리, 그것은 흘러가는 인생과도 같다.
혹은, 인생을 불러 가는 하느님의 말씀인지도 모르겠다.

바이런[12]의 시에도 이러한 것이 있다.

---

[12] 조지 고든 바이런(George Gordon Byron, 1788~1824). 영국의 낭만파 시인.

There's music in the sighing of a reed;

There's music in the gushing of a rill;

There's music in all things, if men had ears.

한 대의 갈대가 한숨짓는 곳에도

음악이 있고,

빨리 흐르는 냇물가에도

음악이 있고,

우리가 귀만 갖고 있으면,

모든 것이 다 음악이다.

이러한 아름답고 처량한 가을의 음악을 들으면서, 나는 하늘의 별들을 쳐다본다.

크고 작은 별들이 얼굴을 고요히 빤짝거리며 속삭이는, 맑고 밝은 가을의 하늘.

우리도 저 가을 하늘같이, 저 하늘의 별들같이 고요하고 빛나게 한번 살아가고 싶다.

『포항수산대학보』(1963)

귀뚜라미 소리를 들으며

○

진보라색 나팔꽃이 찬 이슬을 얼굴에 적시고, 아침마다 담 위에서 웃으면서, 갓 낳은 달걀 노른자위와 같은 태양을 반기는 것을 보면, 어느덧 가을이 왔구나 하는 소식을 알아차릴 수가 있다.

양지쪽을 찾아서 기운이 없어 나래를 길게 펴고 앉아 있는 고추잠자리도 싸늘한 가을빛을 지니고 있는 듯도 하다.

해가 질 무렵에 활짝 피어나는 자줏빛, 노오란 빛의 붓꽃들도 저녁마다 그 빛이 한층 더 진하게 보인다.

○

　새맑고, 고요하고, 싸늘한 밤하늘에서는 흰 달빛이 온 누리에 흘러내리고 있는데, 부엌인가 어느 한 구석진 곳에서 귀뚜라미의 소리가 들려오고 있다.

　"또르르…… 또르르으…….”
　"찌이, 찌이, 찌이이…….”

　끊겼다, 이었다 하는 그 소리, 너무나도 또렷한 것이 나의 마음속 한구석에까지도 스며드는 듯하다.

○

　동물학자들은 귀뚜라미의 울음을 '사랑의 노래'라고 설명한다. 수놈이 암놈을 안타까이 부르는 세레나데라고 설명을 하고.
　등에 붙은 두 날갯죽지에서 서로 마주쳐서 일어나는 마찰음에서 오는 것이라고 우리에게 가르쳐 준다.

　나는 귀뚜라미가, 우는 것인지, 노래하는 것인지 그런 것들을 알려고 하지 않는다.

다만, 가을이 깊어갈수록, 다른 벌레들은 다 긴 잠 속에 들어가는데, 왜, 무엇 때문에, 귀뚜라미만은 뜰 안에서, 섬돌 아래서, 부엌에서, 또는 방안의 한 모퉁이에까지 들어와서, 겨울이 올 때까지 사람의 귀를 떠나지 않고 울고 있는 것인가?

또한 나는, 그 또렷하고 맑은 소리를 내느라고 두 날갯죽지를 얼마나 애써 가며 비비고 흔들고 있는지, 그런 것도 알려고 하지 않는다.

듣고 있을수록 더 또렷해지고 안타까워지는 그 울음의 가느다란 파동.

"또르르…… 또르르으……."
"찌이, 찌이, 찌이이……."

○

고요하고도 싸늘한 기나긴 가을밤을, 깊은 줄도 모르고 끊임없이 울어서 새우는 그 소리는, 듣는 이로 하여금 외롭게 하고 구슬프게 하여 주는 것은 더 말할 나위도 없다.

꽃을 지우고, 나뭇잎을 떨어뜨리는 싸늘한 가을바람을 타고 오는 귀뚜라미의 울음소리는, 흘러가는 슬픈 인생의 소리가 아닌가 느껴지기도 한다.

> Life is but a walking shadow.
> 인생은 한낱 지나가는 그림자다.

셰익스피어의 시에도 이런 구절이 있다.

옛날부터 귀뚜라미 소리를 듣고, 고향을 그리워하고, 인생의 짧음을 안타깝게, 슬프게 노래한 시인도 많은 것이다.
미국의 시인 린지[13]의 시에도 다음과 같은 귀뚜라미의 노래가 있다.

> 한 마리의 귀뚜라미 소리도
> 흘러가는 별의 노래와 함께
> 돌아가는 누리의 한 숨결이다.

---

13 바첼 린지(Vachel Lindsay, 1879~1931). 미국의 시인.

○

　나는 지금 고요한 달빛 속에 깊이 잠들고 있는 싸늘한 가을밤을, 또한 혼자서 외마디로 지키고 있는 귀뚜라미의 또렷한 울음소리를 듣고 있다.

　십 년 전, 이십 년 전, 삼십 년 전의 그 어린 시절과 그 아늑한 고향의 향내와, 그 따뜻하던 부모님의 품속을, 지금 이 귀뚜라미의 소리와 함께 더듬어가고 있다.

　또는 백 년 전, 천 년 전의 귀뚜라미의 소리를 귀담아 보기도 하고. 백 년 전, 천 년 전, 만 년 전의 귀뚜라미의 소리를 들어도 본다.

　　인생은 짧고
　　예술은 길다.

　이 말의 진리를 처음으로 배우고, 커다란 욕망을 갖고 날뛰던 중학 시절도 그렇게 오랜 옛날의 일은 아니다.
　인생은 너무나 짧고, 또한 빠르지 않은가?
　그보다는, 인생은 너무나 부질없고, 약한 것이 아닐까?

○

　우리도 다, 저 귀뚜라미와도 같이, 안타까이 울면서 우리에게 주어진 인생을 더듬어가고 있는 것이 아닌가.

　이렇게 괴롭고, 외로운 인생을 참되고, 착하고, 아름답게 살 수 있는 사람은 몇이나 될 것인가.

　귀뚜라미는 지금도 차갑고, 깊어가는, 가을밤을 처량하게 울고 있다.

『동아일보』(1957)

나의 벽서(壁書)
— 최근에 그린 상념 —

1. 죽음

죽음에 대해서 생각하는 것은 확실히 무서운 상념임에 틀림없다.

내가 죽어서 목관 속에 들어가고, 땅속에 파묻히면, 얼마나 숨이 답답할 노릇인가.

나는 고치 속에서 잠들고 있는 번데기도 연상해 본다.

이것은 한낱 나의 자위책인지도 모른다.

죽음은 무엇인가?

삶의 최종이며 목적인가?

우리는 항용 죽음으로써 맹세하고, 죽음으로써 만사를 결(決)하려고 한다.

그러면, 죽음은 한낱 삶의 수단인가?

죽음은 말이 없다.
죽음은 영원한 침묵인가.

죽음은 삶의 목적도 아니고, 수단도 아니다. 한낱 삶의 과정의
종결이다.

내가 나의 삶을 마음대로 향유할 수 없는 것같이, 죽음도 나의
마음대로 할 수 없는 것이다.

우리는 다 산다.
우리는 다 죽는다.
살고, 죽는 것은 우리의 숙제가 아니다.

다만 어떻게 살고, 어떻게 죽어야 우리의 삶의 과정을 아름답
게, 또한 진실하게 결실할 수 있을까가 문제다.

"육체는 죽어도 영혼은 죽지 않는다."
소크라테스의 말이다.

"지혜로운 사람은 일생에 단 한 번 죽어도, 어리석은 사람은
열두 번 죽는다."

셰익스피어의 말이다.

나는 단 한 번 죽으리라.
땅 위에서 죽어도 좋고, 물속에서 죽어도 좋고, 하늘 허공중에
서 죽어도 좋다.

다만, 나는 성삼문의 시정(詩情)에서, 죽어서 '독야청청'하고
싶다.

2. 사랑

나는 다만 그대를 사랑한다.
그대의 살과, 피와, 뼈와, 그대의 심장 속에서 우러나오는 그대
의 말을 사랑한다.

그대가 죽어서 말이 없고, 살이 없는 해골이 되어도 나는 그대
하나만을 사랑하지 않을 수 없다.

옆에 잠들고 누운 아내의 얼굴.
곤고와 악몽에 파리해진 얼굴.

그대는 누구를 믿고 이 세상에 태어난 것인가!
나의 사랑을 위해서 이 세상에 나온 것이 아닌가?

그대가 나에게서 바랄 것은 아무것도 없다. 오직 사랑뿐이다.
부귀와 영화도 사랑과는 바꿀 수 없다.

나는 그대를 사랑하고, 그대는 또한 나를 사랑한다.
우리 둘 사이에 사랑이 없다면, 우리는 어둡고 차디찬 빙하시
대로 되돌아가지 않겠는가?

우리는 뜰 밖에 서 있는 백합과 같이 고요히 웃으면서 살자.

3. 감투

나에게는 모자도 쓸데없다.
더구나 감투는 필요치 않다.

여름에는 더위를 막아내지 못하는 감투.
더구나 겨울에는 추위도 막아낼 수 없고, 눈보라에 날아가기
쉬운 감투다.

애당초 우리의 조상들은 상투, 그 삐죽한 상투를 가리기 위해서 쓸모없는 감투를 만들었던 것이다.

나는 상투도 없고, 머리털도 반이나 빠져나갔다.
나에게는 감투가 필요치 않다.

오직 나의 머리 위에 필요한 것이 있다면, 비도, 안개도, 구름도 아닌 광휘 있는 태양의 따뜻한 볕이다.

4. 욕망

욕망이 없었다면 나는 무엇하려고 세상에 태어났을 것인가?
그러나, 욕망은 얼마나 많은 사람에게 만족함을 줄 수 있나?

아름다운 나의 욕망은 검은 비애만을 가져온다.
검은 비애는 오히려 나에게 아름다운 것이기도 하다.
그것은 항상 실망하는 나의 마음속을 채워 줄 수 있는 친한 우정일 때도 많다.

"인생은 빈곤과 권태와 싸우는 것이다."

새뮤얼 존슨[14]의 말이다.

나는 빈곤과는 싸웠으나, 권태와 싸워 본 적은 없다.

나는 결코 삶의 권태를 느껴보지는 않았고, 오히려 초조함에서 살았을 뿐이다.

나는 하고 싶은 일이 너무나 많다.

기막히게 많다.

조상들이 하다가 남긴 일.

그것보다도 나 자신의 일을 찾아야 하겠다.

그러나, 혼자서는 하나도 이루지 못할 욕망이다.

그러나, 나는 낙망하지 않는다.

나는 또한 초조하지도 않으련다.

거리 위로 활보하는 나의 젊은 동생들을 보라.

"Plain living, high thinking."

평범한 생활, 고상한 이상.

---

14   새뮤얼 존슨(Samuel Johnson, 1709~1784). 영국의 시인이자 평론가.

찰스 램^{15}의 이 명구는 나의 벽서 중에서 가장 오랫동안 붙어 있는 글이다.

나의 동생들에게도 이 벽서를 써주고 싶다.

5. 피

"우리 문학의 전통이 너무나 빈약하다."

이것은 평론가 조연현^{16} 씨의 탄사다.

모든 사물의 진화는 전통을 밟아서 이루어지는 것이 사실이다.

그러나, 진화는 반드시 전통의 부흥이나 개혁만을 의미하는 것은 아니다.

"그 민족의 창조력과 결부되지 못한 전통은 이미 과거의 한 유물에 지나지 않으며, 전통의 배경을 갖지 못한 창조력이란 또한 단순한 혈기에 지나지 못하는 것이다."

---

15 찰스 램(Charles Lamb, 1775~1834). 영국의 수필가로 『엘리아의 수필』 등을 남겼다.

16 조연현(趙演鉉, 1920~1981). 문학평론가로 동국대 교수, 한국문인협회 이사장 등을 지냈으며, 저서로 『한국현대문학사』 등이 있다.

이상은 조 씨의 논리다.

피는 전통을 낳을 수 있고, 또한 전통에서 살 수도 있는 것이다.
피는 시간적인 전통의 낡음을 새롭게 할 수도 있고, 또한 그것을 버릴 수도 있는 것이다.

새집은 반드시 옛 토대 위에 세우지 않아도 좋을 것이다.
우리의 전통이 빈약하였고, 또한 표현되지 못하였다고 해서 우리의 피가 아주 고갈되었던 것은 아니다.

우리는 반만년의 역사를 자랑하기 전에, 목전의 실제를 자랑할 수 있어야 할 것이다.
차라리, 우리는 빈약한 문학 전통을 탓하느니보다 우리의 창작력이 될 수 있는 우리의 피가 얼마나 끓고 있는가 생각할 필요가 있다.

조 씨의 이론과 같이, 우리는 참으로 중요한 시기에 놓여져 있는 것이다.
우리는 우리의 피에서 과거의 유물적(遺物的)인 전통을 찾는 것보다는 새로운 세대를 창조할 수 있는 우리의 피의 순결성과 활력소를 요구하고 있다.

그러나, 우리는 새 세대로 지향하는 새로운 창조력을 발휘할 수 있는 무대 위에 올라설 수 있는 영광을 가진 것이 사실이다.

"의거할 문학 전통을 갖지 못한 우리가 우리의 문학적인 창조력으로써만 모든 것을 해결하지 않을 수 없다는 것은 치명적일는지는 모르나, 한편 우리의 자랑할 수 있는 영광의 하나가 될 수도 있을 것이다."

이것은 조 씨의 명쾌한 결론이다.

6. 수업

"선생은 신인들과 기성작가를 어떻게 구별하십니까?"

"신인은 기성을 물리치고, 발랄하고, 새롭고, 힘차고, 새 세대를 지도할 수 있는 역량의 사람이다."

"선생은 어느 작가를 가장 좋다고 생각하십니까?"

"내가 좋아하는 작가는 시대와 함께 전진하는 작가다. 적어도 전진하려고 공부하고 있는 작가에게는 머리가 숙여진다."

"선생은 늘 공부하고 계십니까?"

"하기는 한다고 하나, 성실히 할 수 있는 생활의 여유가 없는 것을 탓하고 있다. 또한 아무 재간도 없는 것을 한탄하며, 나 자신 가슴이 어두워질 때도 많다."

나는 문학 수업이 가장 어려운 것으로 생각한다.

평론가이던 앙드레 지드가 처음으로 소설을 쓴 것은, 1926년에 발표한 「위폐범들(Counterfeiters)」이었고, 그가 57세이던 때이다. 톨스토이의 명작들이나, 밀턴의 「실락원」도 60대, 70대에 쓰인 것이다.

> "나는 내 나이 칠십이 된 오늘까지 소설을 공부하고 있다. 그러나, 오늘에 와서야 나는 문학에 아무 재간도 없는 것을 발견하였다. 그래서, 지금 내가 소설 쓰는 것을 중지하고 싶은 생각도 없지 않으나, 세상에서는 내가 너무나 유명한 소설가로 알려져 있기 때문에 그만둘 수도 없다."

이것은 영국의 어떤 노작가가 익명으로 발표한 고백이다.

우리는 문단에 데뷔하기에 초조하기보다는 수업으로 일생을 보낼 것이 아닌가.

『문예』(1949)

노년

○

새맑고 아름다운 아침이 있고, 뜨겁고 힘찬 정오가 있으면, 아름답기보다는 오히려 신비로운 저녁놀이 있는 것이다.

아침의 아름다움보다도, 정오의 힘참보다도, 저녁의 신비로움을 알아보는 것은 노년이 아니고서는 어렵다.

아침은 소년같고, 정오는 청년같고, 저녁은 노년같기 때문이다.

아침의 아름다움을 노래한 시편도 많지만, 저녁의 아름다움과 신비스러움을 노래한 시편도 많다.

영시에는 이러한 문구가 흔히 쓰이고 있다.

A purple dusk.
회색 석양(혹은 보라색 석양).

A pale rose twilight.
희미하고, 시들어가는 빛을 잃은 장미의 황혼.

A lingering twilight.
주저하는(머뭇거리는) 황혼.

이런 문구들은, 해가 떠오르는 빨간 하늘보다, 희미해져가면서도 여러 가지로 신비스러운 저녁 하늘의 빛을 표현한다.

○

나는 지금까지, 아침을 새맑고 아름답다고 하고, 저녁을 신비롭다고 하였다.
또한 아침을 소년에 비하고, 저녁을 노년에 비겼다.

해가 넘어가는 저녁을 신비로운 빛을 지니고 있다고 생각하게 되는 것은, 멀지 않아 해가 서산을 넘으면, 우리가 아직 당해 보지 못한 어둠의 죽음이 오기 때문이다.

생각하면, 노년은 해가 넘어가는 황혼의 낙조와 같이 슬픈 것이다.

영시에는 이러한 인생의 슬픔을 말한 시구가 많다.

Life is but a walking shadow.
인생은 한낱 걸어다니는 그림자다.

To be or not to be, that is the question.
사느냐, 죽느냐, 그것이 문제다.

이것들은 셰익스피어의 시극에 나오는 명구로서, 인생의 무상함을 말한 것이다.

○

이렇게 인생을 한탄하고, 노년을 슬퍼한 사람도 많지만, 오히려 노년을 더 값있게 예찬하는 사람도 많이 있었다.

최근에 93세로 작고한 처칠 경이 그 한 사람이다.

그는 근래에 드문 기린아적인 행운아라고 할 것이다.

그가 80년 탄생기념일 연회석상에서 이러한 말을 한 것을 기억하고 있다.

We are happier in many ways when we are old than we are young, for the young sow wild oats and the old grow sage.

우리는 젊었을 때보다는 늙었을 때, 여러 가지 방면에서 더욱 행복한 것이다.

왜 그러냐 하면, 젊은이들은 방탕을 심고, 늙은이들은 지혜를 기르기 때문이다.

젊은이들은 인생의 경험이 적어서, 심어도 나오지 않는 야생귀리를 심는 생활을 하게 되고, 늙은이들은 이미 체험해서 얻어놓은 지혜로써 실수함이 없이 살아간다는 뜻이다.

또 한 사람은 위대한 군인이었던 맥아더 원수였다.

그는 항상 자기의 좌우명으로 이런 문구를 가지고 다녔다.

Youth is not counted by age.

청춘은 나이로 따지지 않는다.

그러나, 처칠 경도 돌아갔고, "노병은 죽지 않는다"던 맥아더
도 잠들고 말았다.

○

Not a day passes,

Not a minutes or second without an accouchement,

Not a day passes,

Not a minutes or second without corpse.

1초도, 1분도, 하루도

분만(分娩) 없이는 지나지 않고,

1초도, 1분도, 하루도

주검 없이는 지나지 않는다.

이것은 휘트먼의 시 「Think of Time」의 일절이다.

롱펠로[17]의 시에도 이런 것이 있다.

The tide rise, the tide falls,

The twilight darkens, the culrew calls

Along the seasands damp and brown

The traveller hastens forward the town

And the tide rises, the tide falls.

밀물은 들어오고

밀물은 나간다.

황혼은 저물고

커얼류(마도요새)는 운다.

누렇고 젖은 사장(沙場) 가에는

한 나그네가 급히 마을로 간다.

그리고, 밀물은 들어오고

밀물은 나간다.

이렇게 인생의 무상함과 짧음을 노래한 것도 있다.

---

17   헨리 워즈워스 롱펠로(Henry Wadsworth Longfellow, 1807~1882). 19세기 미국
      의 대표적인 시인.

○

인생의 무상함과 짧음을 노래한 것도 많지만, 짧은 인생 속에
서도 아름다움이 있다는 것을 노래한 존슨[18]의 시도 있다.

It is not growing like a tree,

In bulk doth make

Man better be

Or standing long an oak,

Three hundred years,

To fall a log at last.

Dry, bald and sere.

The Lily of a day

Is fairer far in May,

Although it falls

And dies at night

It was the plant

And flower of light

---

18   벤 존슨(Ben Jonson, 1572~1637). 영국의 시인이자 비평가, 극작가.

In small proportions we just beauties see
And in short measures life may perfect be.
나무가 자라는 것같이
인간이 더 커졌다고
좋아지는 것은 아니다.

삼백 년이나 오래 서 있던
떡갈나무도 헐벗고 말라서
넘어지는 하나의 통나무뿐이다.

하루 동안 피는 백합화가
5월엔 얼마나 더 아름다운가!
그것이 그 한밤에
시들어서 떨어진다 해도
하나의 광명을 지닌
꽃나무가 아닌가.

작은 곳에서도
아름다움을 볼 수 있고
짧은 곳에서도
생명의 완전함을 볼 수 있다.

노인의 서글픔을 저녁 하늘에 번지는 황혼에 비겨서 생각해 보는 것은 나만이 아닐 것이다.

○

롱펠로는 또 이런 글도 썼다.

> I venerate old age, and I love not the man who can
> look without emotion upon the sunset og life when
> the dusk of evening begins to gather over the wa-
> tery eyes, and the shadows of twilight grow broader
> and deeper upon the understanding,
>
> 나는 노인을 존경한다. 그리고 인생의 일몰을 아무 감정
> 도 없이 바라볼 수 있는 사람을 나는 좋아하지 않는다. 눈
> 물어린 눈에 황혼이 비칠 때, 이해력을 갖고, 황혼의 그림
> 자가 차차 넓어지고 깊어 감을 느낄 줄 알아야 한다.

○

'노익장'이라는 말과 같이 노년을 잘 즐긴 이들도 있다.
위고는 이러한 명구를 남겼다.

    Forty is the old age of youth,

    Fifty is the youth of the old age.

    사십은 청춘의 노년이요,

    오십은 노년의 청춘이다.

    프랑스의 시인이요 소설가였던 그는 84세에 인생의 황혼을 넘
어간 것이다.

○

    나는 오늘도 황혼의 빛을 띠고 깃으로 돌아가는 까마귀들을
바라보았다.

『포항수산대학보(』1965)

책

책은 고와야 한다.

눈으로 보기에, 손으로 만지기에 무척 사랑스러워야 한다.

또한 여러 가지의 재미있고 깊은 내용이 있어야 한다.

책은 겉모양도 아름다워야 하지만, 그 내용이 겉모양의 몇백 배, 몇천 배의 가치가 있어야 할 것이다.

마치 다 낡아서 떨어진 한 권의 성서와 같이.

"책을 빌려주는 사람은 어리석은 사람이다"라고 마크 트웨인은 말했다.

또 그는 "남의 책을 빌려달라는 사람은 멍텅구리다. 책을 남에게 빌려주는 사람도 멍텅구리다. 빌려왔던 책을 다시 돌려주는 사람은 더 말할 수 없는 멍텅구리다"라고 말했다.

소설가 모파상의 책장 유리판 위에는 이러한 쪽지가 붙어 있었다.

"이 책장 속에 꽂힌 책들은 누구에게도 빌려줄 수가 없다. 왜 그런가 하면, 이 책들은 거의가 다 빌려온 것이기 때문이다."

책은 돈을 주고 사오기는 힘들어도, 빌려오기는 수월한 편이다.
빌려온 책이 재미가 있으면 있을수록 주인에게 돌려주고 싶은 마음은 없어져가는 것이다.
책은 빌려주고서 돌려주지 않는다고 해서, 빚을 재촉하듯이 야단할 수도 없고, 더구나 도둑이라고 욕할 수도 없는 것이다.
좋은 책은 주인에게나, 빌려 간 이에게나, 누구에게나, 읽는 사람에게 이익이 되기 때문이다.

책에는 고본(古本), 진본(珍本)이 있다.
낡은 책이라기보다 오래된 책을, 또한 그 겉모양을 두고 말하는 것이 아니라 속살을 두고 하는 말이다.

책 자체는 이야기할 수 없으나, 속살은 이야기 천지다.
반할 만한 이야기, 좋은 이야기, 재미있는 이야기, 우리의 몸에 살이 되고, 기운이 되는 것도 많다.

그렇지 않은 책들도 있다.
마치, 우리들의 주변에 악우(惡友)들이 있는 것같이, 그것들은 악서(惡書)인 것이다.

책은 말(글자)로써 쓰였지만, 속살은 정신으로 얽힌 것이다.
책은 겉모양이 낡고, 찢어지고, 떨어져 나가지만, 또한 속살도
낡아서 아무 소용이 없어질 때도 있는 것이다.

옛날에는 책을 살 수 없어, 원본을 보고 하나하나 베꼈다. 지루
하고, 많은 시간이 걸렸을 것이다.
현대에는 책을 기계로 찍어서 대중에게 헐값으로 팔고 있다.
책은 (학생들에게) 읽는 것보다 베끼는 것이 더욱 좋다.
열 번 읽는 것보다 한 번 베끼는 것이 기억에 잘 남아 있기 때
문이다.
학생들이 백지가 흑지가 되도록 까맣게 써보는 이유도 거기에
있을 것이다.

책은 언제든지 벗할 수 있다.
놓아두었다가 읽을 수 있고, 자다가 깨어서도 읽을 수 있다.
그러나 라디오나 텔레비전은 그렇지 못하다.

좋은 책을 친할 수 있는 것은 좋은 친구를 사귀는 것과 마찬가
지다.

책 읽기를 싫어하는 사람이 있다.

그는 글을 좋아하지 않고, 이야기를 좋아하지 않고, 생각하기를 좋아하지 않는 사람이다.

이런 사람의 머리는 하나의 돌덩어리나 마찬가지다.

책 읽기를 좋아하는 사람이 있다.

이런 사람을 책벌레(book worm)라고 한다.

벌레는 항상 깊이 파고 들어가는 것을 좋아하기 때문일 것이다.

We can read such books with another aim, not to throw light on literature, not to become familiar with famous people, but to refresh and exercise our own creative powers. - Virginia Wolf

우리는 여러 가지의 목적으로 책을 읽을 수 있다. 문학계에 서광을 비추려 하거나, 유명한 사람과 같이 되려고 하는 것보다 우리 자신들의 창작력을 수련하기 위해서 독서를 할 수도 있을 것이다. - 버지니아 울프

책은, 좋은 친구를 사귀는 것과 마찬가지로, 잘 선택해서 사귀어야 할 것이다.

『월간문학』(1970)

밤을 달리는 열차

○

저녁 아홉 시, 서울을 떠나서 부산으로 달리는 밤 열차 속에, 나는 자리를 하나 잡았다.

달도 뜨지 않는 캄캄한 밤을, 열차는 한강을 건너자 소리를 지르면서 남으로 달음박질을 하였다.

○

열차 안에는 사람들이 꽉 차 있었다.

교의(交椅) 하나에 세 사람씩 앉아서 서로 어깨를 비비대고 있었다. 그러나, 좁은 자리를 불평하는 사람은 하나도 없었다.

나의 옆에는 젊은 대학생이 타고 있었고, 또 창가에는 늙은 할

머니가 타고 있었다.

맞은편 자리에는 안경을 쓴 20대의 청년이 앉아서, 희미한 불빛 아래서 신문을 읽고 있었다.

그 옆에는 40대의 신사 한 분, 또 그 옆에는 30대의 피부색이 좋은 여인이 앉아서, 잘 보이지도 않는 캄캄한 창밖을 내다보고 있었다.

○

통로를 건너서, 나의 왼편 자리에는 노동복을 입은 30대의 젊은이가 둘, 그 옆 창가에는 보따리 장사꾼인 듯한 40대의 여인이 앉아 있었다.

그 맞은편 자리에는 육십이 넘어 보이는, 수염이 흰, 늙은 할아버지가 파리한 얼굴을 하고 가로누워서 가끔 기침을 쿨룩쿨룩하였다.

늙은이가 누운 발끝에는, 늙은이의 딸인 듯한 40대의 시골 여인이 늙은이의 등을 어루만져주고 있었다.

기차는 어느덧 천안역을 지나서 조치원을 향하여 달리고 있었다.

밤은 깊어서 기차 바퀴가 더욱더 소리를 내고 있었다.

"달카닥 달카닥⋯⋯."

단조로운 소리였다.

"따스한 벤또(도시락)가 나왔습니다! 시장한 손님에게 따스한 벤또가 나왔습니다."

도시락 장수가 나타났다.

"나 하나 주시오."

맞은 자리에 앉아 있던 뚱뚱한 신사가 오백 환짜리 하나를 꺼내었다.

"나도 하나 주세요!"

그 옆에 앉았던 30대의 피부색 좋은 여인도 하나 받아들었다.

통로 건너편, 맞은 자리에 누워 있던 늙은이는 또 기침을 시작하였다.

"케힘⋯⋯ 헤키임⋯⋯."

딸인 듯한 시골 여인은 일어나려는 늙은이의 허리와 등을 받들고, 손수건으로 늙은이의 입을 닦아주었다.

늙은이는 '에헤음!' 하고, 한숨을 쉬고, 또다시 자리에 눕자, 희멀건 눈으로 시커먼 차창을 내다보았다.

"아직, 병이 낫지 않았는데, 왜 퇴원을 했어요? 잘 고치고 나오지!"

맞은편에 앉아 있던 장사꾼인 듯한 40대의 여인이 딸인 듯한 여인에게 물었다.

"병원에서도 무슨 병인지 모른다요. 석 달이 되었어도 안 낫는 걸…… 돈도 없고, 죽어도 집에 가서 죽는다요!"

늙은이의 딸은 기운 없이 대답하면서 새끼손가락으로 눈시울을 문질렀다.

늙은이는 또 기침을 하면서 자리에서 일어나려고 뼈만 남은 흰 손을 차창가로 내둘렀다.

"가만히 누워 계셔요! 다리를 이리로 뻗으시고. 병을 완전히 고치시지도 않고!"

장사꾼인 듯한 여인은 친절하게 말하면서, 늙은이의 다리를 자기 옆으로 걸치게 하였다.

"죽어야지! 집에 가서 죽어야지!"

늙은이는 혼잣말같이, 거쉰 목소리로 말하며, 또 캄캄 어두운 차창을 쳐다보았다.

창 위에는 달도, 별도, 새벽놀도, 아무것도 비치지 않았다.

○

기차는 쉬지 않고, '칙칙 펑펑' 소리를 하면서 천천히 기어올랐다.

언덕을 넘고, 굴을 뚫고 추풍령 고개로 올라가는 모양이었다.

옆에 앉은 대학생도, 늙은 할머니도, 다 숨소리도 없이 교의에 기대어서 잠이 들어 있었다.

맞은편에 앉아 있는 20대의 청년은 입을 있는 대로 벌리고 고개를 꺾은 채 수그러져, 잠을 자고 있었다.

신사도, 여인도, 다 머리를 맞대고 잠을 자고 있었다.

통로 옆에 있는 노동자 두 사람도, 장사꾼 여인도, 늙은이의 딸도, 다 고개를 숙이고 잠들고 있었다.

시계는 새벽 두 시 반을 가리키고 있었다.

나는 혼자서 담배 연기를 내뿜으면서, 늙은이의 희멀건 눈이 떠 있는 것을 바라보았다.

그의 턱에 매달린 흰 수염을, 나는 말없이 바라다보았다.

"죽어야지! 집에 가서 죽어야지!"

금방이라도, 또 늙은이가 일어나서, 이렇게 말할 것만 같이 보였다.

○

　기차는 아직도 숨이 가쁘게, 어두운 밤의 고개를 넘어가고 있
었다.

　'칙칙 펑펑' 언덕을 기어오르고, 산의 굴을 뚫으면서, 아직도
추풍령 고개를, 우리나라의 지붕인 추풍령 고개를 넘어가느라고
애를 쓰고 있었다.

　'우리는 모두 집으로 돌아가고 있는 것인가……'

　이렇게 생각하면서, 나도 이북에 있는 나의 집을 다시 한번 머
릿속에 그려보았다.

　그러나, 기차는 아직도 숨찬 소리를 내면서, 추풍령을 넘어 남
으로, 남으로 달리고 있었다.

　달도, 별도, 새벽도 없는 캄캄한 검은 밤을, 기차는 그냥 내달
리고 있었다.

『동아일보』(1957)

차창 풍경
— 사랑하는 당신에게 —

오래간만에 휴가를 얻어, 사랑하는 당신을 떠나서, 서울 가는 기차를 탔소.

당신을 떠나서 밖에 나가 본 지도 꽤 오래되었소. 지난 봄방학에 서울을 다녀오고는 이번이 처음이오. 그러니까, 오래간만에 붓으로, 편지로 당신과 이야기하는 것이 되오.

곁에 같이 있을 때에는 당신에게도 별로 할 얘기가 없었지만은, 정신이 똑똑해서는 누구와도 하고 싶은 이야기가 없소.

가끔, 주석(酒席)에서 이런 얘기, 저런 얘기를 꺼림 없이 지껄일 때도 있었지만, 그것조차 남에게 오해를 살 때가 많은 것을 알고, 낯선 사람과 술을 나누기도 싫어지고, 또 얘기를 지껄이기도 무서워졌소.

왜, 우리들은 자기 자신을 못 돌아보면서도 남의 결점을 얘기하기를 좋아하는지 알 수가 없소.

당신이 일찍 일어나서 지어준 밥을 먹고 급하게 뛰어나와서, 기차가 떠날 임시에 잡아탈 수 있었소.

오늘은 11월 3일. 일요일이자, 학생의 날이오.
그 감격 깊던 학생시대의 광주사건.
나는 그 당시, 해외에 있었소.

오늘은 일요일이어서, 통학하는 학생이 하나도 눈에 띄지 않소. 전 같으면 포항에서, 안동에서 경주로 통학하는 남녀 중·고등학생들이 많이 차에 오를 텐데.

통학생들이 들어오면 시끄럽지만, 떠들고, 지껄이고, 책을 읽고 하는 모양이 어딘가 미쁘고, 아름다워 보이오. 씩씩한 그들의 모습을 볼 때, 한결 마음이 시원해지기도 하오.

지난 봄, 서울로 갈 때도 안강역에서 올라탄 여학생들이 고개를 내밀고 손으로 가리키면서 진달래꽃이 곱다고 떠드는 것을 보았소.

여기도 있다, 저기도 보인다, 이렇게 진달래가 곱다고 떠들면서도, 왜 진달래가 고운지 설명을 하거나, 감상을 말하는 학생은 하나도 없었소.

그래서, 그 길로 서울에 올라가서 「진달래」를 수필로 써서 『동아일보』에 발표하였던 것이오.

그러나, 오늘은 안강을 지나도 통학생은 하나도 오르지 않소.

그래서, 조용하기도 하고, 외롭기도 하여서, 사랑하는 당신이 나의 곁에 같이 있었으면 하고 생각하였소.

또한, 당신과 함께 마음껏 여행할 수 있을 때를 연상도 해보오. 그러나, 오늘은 나 혼자 차창만 내다보기에, 외로운 생각이 나서 차 안에서 이 글을 써서 대구에서 부치고, 서울로 올라가기로 하오.

포항도 조그만 도시라, 들에 나가본 지가 오래되었더니, 지금 경주 벌, 영천 벌에서는 농부들이 바쁘게 보리를 심고 있소.

그 보리를 심고 있는 농부들의 모습이 얼마나 아름다운지! 오래간만에 농부들의 씩씩하고, 착실하고, 성스러운 모습을 바라볼 수 있소.

소를 몰아 이랑을 갈아 젖히는 젊은이, 거름을 삼태기에 담아 뿌리는 늙은이, 하늘로 손을 들었다 내렸다 하면서 씨를 뿌리는 할머니, 고무래로 씨를 묻는 며느리와 딸애들.

고무래를 아래위로 들었다 내렸다 하면서, 씨를 얼지 않게 감싸주기에, 그들은 얼마나 땀을 흘리고 있겠소?

골프채를 들고 멋을 부리는 도시의 신사들도 있지만, 이들의 고무래는 그런 것에 비할 것이 아니오.

여기도 저기도 넓은 벌판에서 농부들은 저렇게 열심히 보리를 심고 있소.

누구를 위해서 저렇게 열심히 보리를 심고 있는지, 나는 그런 것까지는 생각해 보고 싶지 않소.

다만, 우리들은 다 저 농부들과 같이 씩씩하게, 열심히 일을 하여야 하겠다는 것을 깊이 느꼈을 뿐이오.

또 하나 눈에 띈 아름다운 풍경은 들에 가려 놓은 벼낟가리들이오.

벼를 베어 놓고도 미처 집으로 들일 사이도 없이, 보리를 심어야 하는 농부들은 그냥 벼낟가리들을 한편 논둑에나 논바닥에 쌓아 놓았소.

얼마나 낟가리들이 많은지, 보기만 하여도 배가 부른 것 같소.

여기저기 벌판에 쌓여 있는 낟가리의 모양이 얼마나 아름다운지, 얼마나 예술적인지.

바라보면 하나의 탑이거나, 건축이거나, 조각적인 예술품이라고 생각되오.

어떤 것은 그냥 멋없이, 초가집을 지어 놓은 것같이 길게 쌓아 놓고.

어떤 것은 아래는 너무 넓고, 위엔 너무 좁아서, 삼각형에 가까우며, 피라미드에 가깝고.

어떤 것은 아래가 균형이 지고, 가운데가 동그랗게 나오고, 위가 아치와 같이 곱게 꾸부러져서 큰 절간에 있는 종과 같기도 하고.

어떤 것은 항아리를 엎어 놓은 것 같기도 하고.

또 어떤 것은 경주의 간장독같이 배가 곱게 불러 있고.

이렇게 낟가리가 여러 모양을 지니고 있지만, 그것의 단 하나의 목적은 비가 새어들지 않게 하기 위한 방수책(防水策)뿐이겠지요.

그러나, 나는 낟가리들에게서도 하나의 미감과 예술감을 느낄 수 있었소.

만일, 미를 창조하는 것을 예술이라고 한다면, 낟가리는 농부들의 예술이 아니고 무엇이겠소?

당신께도 늘 말했지요마는, 나는 농부들을 시인이라고 생각하오.

밭을 갈고, 씨를 뿌리고, 가꾸고, 베고, 낟가리를 가리는 모든 것이 다 그들의 예술적인 창작에서 오기 때문이오.

농사를 짓지 않는 우리들일지라도 봄마다 뜰 앞에 심는 꽃씨에서 두 개의 떡잎이 갈라져 나오는 것을 볼 때에 얼마나 큰 기쁨을 느끼게 되오?

새 생명을 창조하게 하는 기쁨이 아니오?

사랑하는 당신이여, 나는 늘 이렇게 생각하오.

"미를 창조하는 모든 인간은 아름다운 시인"이라고.

그리고, 우리나라의 정치가들 가운데서도 미를 창조하는 위대한 시인이 나오기를 나는 고대하오.

자유, 평등, 박애를 위하여 흑노(黑奴)들을 해방하여 인류의 인간미를 창조하신 위대한 시인 정치가 에이브러햄 링컨 같은 정치가가.

기차는 벌써 반야월역을 지났소. 대구도 얼마 남지 않았소.

길도 넓어지고, 가로수도 늘어서고, 사과밭도 연이어 있소.

버스가 다니는 길 위에 서 있는 포플러들도 노랗게 물들어 있군요.

그 노란 잎들도 아래쪽이 많고, 맨 꼭대기에는 아직도 푸른 기운이 많이 남아 있소.

아마, 나무도 사람과 같은지, 귀밑부터 흰 털이 나오는 모양이오.

창밖을 내다보는 동안에 손님이 많이 올라왔군요.

맞은편에는 어떤 젊은 부인이 옥양목 치마와 저고리를 하얗게 입고 앉아 있소.

요새 유행하고 있는 브로치를 가슴 한복판에 꽂았는데, 그 색도 역시 그의 옷과 같이 하얀색이오.

손에도 금가락지나, 구리반지 하나 끼여 있지 않소.

저편에 앉아 있는 울긋불긋한 양단 저고리 치마를 입은 부인보다, 얼마나 깨끗하고, 아담하고, 고상한지, 나의 마음속까지 깨끗해지는 것 같으오.

화장도 그리 나타나지 않는 그의 얼굴을 바라보니, 그의 마음도 깨끗할 것이라고 생각되오.

오래간만에 백의인(白衣人)을 본 것 같소. 그렇게 생각한다고 해서, 내가 보수적인 눈을 가졌다고 생각하면 안 되오.

어떠한 진보나 비약이라 할지라도 자기의 본래적인 생명과 정신을 떠나서는 이루어질 수 없기 때문이오.

그런 진보나 비약은 하나의 변화요, 변태일 따름이오.

자, 그만 쓰기로 하겠소. 동촌이오.

한 시간 쉬는 동안에 편지를 부치고, 내가 좋아하는 냉면이나 시원하게 마시고, 서울 가는 8열차를 갈아타겠소.

그러면, 안녕히 계시기를 빌면서.

당신의 사나이로부터.

『수필문학』(1970)

기원

○

UN 창립 개회석상에서 맨 처음으로 각국 회원들 앞에서 낭독한 것은 미국의 노시인 베네[19]의 「UN을 위한 기도」의 시문이었다.

이 기도문의 골자에는 이러한 문구들이 있어서, 지금까지 나의 머리 가운데 깊이 간직되어 있다.

자유의 신이여
오늘 우리는 충성과 생명으로써
인류의 자유를 맹세하옵나이다.

모든 자유인과 국가들을

19　스티븐 베네(Stephen Vincent Benét, 1898~1943). 미국의 시인이자 소설가.

속박하고, 노예화하려는 폭군들로부터,
승리를 얻게 하옵소서.
자유를 위해서 싸우고 있는
우리의 형제들과
서로 사랑할 수 있는
그러한 충성과 이해력을
가질 수 있게 하옵소서.

......

우리의 지구는
우주의 한낱 작은 별에
지나지 않습니다.
우리가 만일 원하는 바가 있다면,
우리가 또한 선택하는 바가 있다면,
그것은 전쟁의 해독(害毒)이 없는
아름다운 하나의 유성이 되는 것이며,
공포와 기아의 곤란도 없으며,
인종의 색별(色別)도 없으며,
주의(主義)에 대한 무지한 차별도 없는
자유로운 유성이 되는 것입니다.

이러한 기원문의 거룩한 음성이 전파를 타고 동과 서로 대양을 건너서, 이 작은 지구의 유성 위로 퍼져서 나갈 때에, 지구 위의 만민은 머리를 수그리고 귀담아 들었던 것이다.

이 기원은 시인 베네 한 사람만의 기원이 아니었고, 온 인류의 가슴 깊이 애원하는 기원이었던 것이다.

승자도, 패자도, 해방된 자도 다 같이 갈망하는 인류의 참다운 기원이었던 것이다.

○

기도문은 또한 이러한 음조로 이어갔다.

인간의 정신은 각성되었고
인간의 영혼은 향상하였나이다.
우리들에게 지혜를 주시옵고,
개성의 이해를 초월해서
분투할 수 있는
용기와 정신을 이해하고
내다볼 수 있는 시각을 주시옵소서.

......

또한 우리에게
총명과 용기를 주시옵고,
약육강식의 낡은 원리로써
압제정치를 일삼는
세계를 정화하여 주시옵소서.

......

무엇보다도
우리들에게 사랑할 수 있는
사해동포의 우정을 주시옵소서.
만일
우리들의 형제들이 압박을 받는다면,
곧 우리들이 압박을 받는 것이며,
그들이 또한 굶주린다면
곧 우리가 굶주리는 것이며,
그들의 자유가 속박된다면,
우리들의 자유도 보장되지 못할 것입니다.

이 참다운 인간의 마음. 아름다운 인간의 애정. 이것은 노시인 베네의 참다운 마음과 아름다운 사랑만이 아닌 것이다.

지구상에 있는 모든 남녀의 마음이며, 인간 본연의 자세인 것이다.

동과 서의 구별이 없이, 인종의 황, 백, 흑, 홍의 차별도 없이, 붉고 뜨거운 핏속에서 우러나오는 인류애의 거룩한 부르짖음이요, 참다운 기원인 것이다.

○

기원문은 이렇게 끝맺었다.

하느님이여,
빵과 평화를 아는
평범한 충성을 갖게 하시옵소서.
공정과 자유와 안전을 위해
같은 기회와 같은 힘으로써
각자가 최선을 다할 수 있는,
평범한 인간의 충성을

우리들에게 다 같이 주옵소서.

세계 각국에 사는 사람들에게도
다 같이 갖도록 하시옵소서.

언제나
이 신념 안에서,
우리의 손으로 창조할 수 있는
새로운 세계를 향하여
행진하게 하시옵소서. 아멘.

이 아름답고, 참된 기도문을 지은 시인 베네는 작년 여름에 작고하였다.
이 기도문은 그의 최후의 유언인 듯이 남아 있다.

『경향신문』(1947)

동해산문

1. 바다

바다는 하나의 커다란 물웅덩이다.

지도를 펴보면, 바다는 6대주의 육지보다 더 넓은 면적을 차지한 5대양, 7해로 그려져 있다.

그것은 평면적 면적을 두고 하는 말이다. 산의 높이와 바다의 깊이를 입체적으로 살펴서 말하는 것은 아니다.

나는 그런 크기, 작기를 알아보려고 하지 않는다.

다만 육지는 흙이고, 바다는 물이라는 것을 알고 있는 것이다.

육지 위에 물이 괴어 있는지, 물 위에 육지가 떠 있는지, 그런 것도 알아볼 필요가 없다.

다만, 커다란 의미에서, 흙과 물이 합쳐서 하나의 동그란 지구가 되었다는 것이 어딘가 신비롭기만 하다.

이 흙과 물덩어리의 동그란 지구가 흙 한 덩어리, 물 한 방울을 떨어뜨리지 않고, 날마다 뱅뱅 돌아간다는 것이 더욱 신비스럽다.

이 지구 위에서 인간이라는 동물은 흙에서 나오는 것을 먹고, 물에서 나오는 것을 먹으면서 살아간다.
모든 다른 생물도 흙과 물에서 살고, 또한 흙으로 돌아가야 하는 운명을 지니고 있다.
이 운명을 도피할 자는 지구 위에 하나도 존재할 수 없다.

시인 바이런은 인간에게는 신성(神性)과 수성(獸性)이 깃들어 있다고 노래했다.
원시인들은 산에 사냥을 갔다가도 산의 신비성에서 종교적 신앙을 얻을 수 있었고, 바다를 건너가다 노도(怒濤)에 부대껴서 신의 저주와 공포를 느끼기도 하였다.

지상에서의 괴로움을 천상에서 구하고 싶은 안타까운 인간의 페이소스인 것이다.

육체라는 것은 지극히 미소(微小)한 것이다.

육체로써 이 광막한 시간과 공간을 채울 수는 없다.

다만 사고(思考) - 그것이 인간의 본질인 것이다.

　

인간은 한낱, 하나의 생각하는 갈대라고, 파스칼은 위와 같이 말하였다.

그는 또 아래와 같이 말하였다.

　

우리는 자신의 존엄성을 공간 속에서는 얻을 수 없다.

자신의 사색의 범위 안에서만 얻을 수 있을 뿐이다.

나 혼자서 몇 개의 지구덩이를 갖고 있더라도 사색 이상의 좋은 것을 얻지는 못할 것이다.

공간으로 해서 우주는 나를 포함하고, 또 보잘것없는 하나의 점인 양 나를 삼켜버린다.

그러나, 나는 사고에 의해서 내 자신 속에 하나의 우주까지도 포함할 수 있는 것이다.

　

무수한 신비를 지니고 있는 높은 산을 바라보는 것도 좋다.

그러나, 나는 늘 바다를 바라본다.

무한한 창공과 맞대어 있는 저 수평선 너머로 언제나 나의 사색은 물결처럼 쉬임 없이 흘러넘쳐 간다.

광막한 바다여!

너의 크고, 넓고, 또한 황랑(滉浪)한 것이 나는 좋다.

(1970)

2. 6월의 동해

6월의 바다는 아늑하다.

무르익고, 부푼 가슴은 푸른 잔디가 깔린 벌판과 같이 고요하다.

6월은 장미의 계절이기도 하다.

바닷가의 장미인 해당화들이 흰 모래판(모래톱)을 캔버스로 하고, 장미의 붉은색으로 한 폭의 고운 정물을 그려놓기도 한다.

바다의 볼륨은 고요하다고 해도 모래판으로 밀려나오고 나가는 흰 물결은 이따금 철썩철썩 소리를 낸다. 그것은 마치 바다의 숨결과도 같고, 춤과 노래와도 같은 것이다.

6월의 바닷가에는, 이른 아침부터 저녁까지, 그리고 달이 떠오르는 늦은 밤에도 사람의 발자취가 끊이지 않는다.

그들은 새맑은 해가 떠오르는 장미색 아침을 좋아하고, 서늘
한 바닷바람이 불어오는 오후를 즐긴다.
그들은 놀이 드리우는 황혼의 바다를 감상하고, 흰 달빛 아래
서 빤짝거리는 은물결의 신비를 노래한다.

6월의 바다는 청춘과 같다.
소년과 같이 거칠게 날뛰던 모습은 다 어디로 가고, 초록빛 얼
굴과 푸른 가슴을 헤치고 고요히 누워만 있다.

저 멀리 수평선 너머 뒤에는 무슨 세상이 있는지, 호수와 같이
잔잔하기만 하다.
바다의 깊고 넓은 볼륨 속에는 모든 생물과 인간의 슬픈 역사
가 고이 간직되어 있을 것이다.

빙하시대의 생물의 비극도 너만이 알고 기록하였을 것이고,
대륙을 찾아 헤매던 인간의 모험과 고난의 역사도 너만이 알고
있을 것이다.

나는 옹기종기 모여 앉은 조개껍질들을 혼자 앉아서 지켜본다.

묵묵한 속에서도 무엇인가 서글픈 사랑의 밀어를 소곤거리고 있는 것 같다.

나는 조개껍질 하나를 손에 들어본다.
해골인 것같이 머리에 구멍이 뚫려 있다.
그러나, 조개껍질 표면에는 여러 줄의 연륜(年輪)이 곱게 그어져 있다.
조개는 빨리 자라기 때문에 혹시 월륜(月輪)인지도 모르겠다.

조개, 나는 너의 연륜을 읽을 줄 몰라서 바다의 역사를 알 길이 없다.
그러나, 너의 연륜은 너대로 기록한 하나의 서사시이거나, 서정시가 아니겠는가.

나는 늘 모래밭에, 또는 바다 물결 위에 시를 써보았다.
지난날에도 많은 시인이 바다 위에 수많은 시를 써놓았을 것이다.

혹시나 너는, 그런 시인들의 시를 연륜에다 고운 무늬로 수놓은 것이 아닌가.

나는 너의 무늬를 들여다보면서 이러한 느낌을 가져보지만, 나는 너의 글, 너의 시를 알아낼 수가 없다.

지금, 밀물이 들어온다.
아무리 고요한 날일지라도 밀물이 들어올 때는, 흰 물결이 행진하는 병사들인 양 대열을 지어서 드나든다.
나는 마치 의장대를 사열하는 장교인 듯이, 그 앞을 지나간다.

통쾌한 기분이다.
울렁대는 큰 바다를 호령하는 멋이다.
이러한 멋으로 늘 살고 싶지만, 한번 지나가면 영원히 가야 하는 나인 것이다.

인생이다.
나는 한낱 인생인 것이다.

그렇다고, 너, 바다도 아무리 크고, 넓고, 깊다고 해도, 너는 신은 아니다.
또한 불멸의 화신도 아닌 것이다.

『대구매일신문』(1967)

3. 갈매기

아침 햇살이 수평선 위에 부채살같이 퍼져 올라올 때면, 너, 갈매기는 흰 두 날개 위에 황금빛을 지니고 푸른 바다 위를 왕자인 양 너울거리며 날아다닌다.

그러나, 너는 왕자도 아니고, 더구나 시신(詩神)도 아니다.

너는 하나의 방랑자이며, 바다를 지키고, 어부들의 길잡이꾼으로 필요한 바다의 새이며, 없어서는 아니 될 익조(益鳥)의 하나인 것이다.

푸른 하늘 위에 흰 구멍들을 뚫으면서 떼를 지어 날아다니는 너희들이 고기떼를 찾아서 공격을 가하는 것을 나는 여러 번 보았다.

수백 마리의 너희 떼는 폭격기같이 물 위로 다이빙하며 산 고기들을 물어 올리는 것을 여러 번 보았다.

솔씨를 먹고 사는 산새들은 신비하고 아름다운 노래를 부르지만, 산 고기만 먹고 사는 너희들의 노래는 노래가 아니고, 듣기에도 소름이 끼치는 울음일 따름이다.

  그러기에 너는 바다의 왕자도 아니고, 더구나 시신이 될 수는
없다.
  너의 흰 날개, 너의 긴 날개는 춤을 추는 무희같이 멋지게 훨
훨 날리지만, 너는 한낱 슬픈 방랑자인 것이다.

  그러나, 너의 날개는 거센 파도에 단련을 받아서 강해졌고, 너
의 두 눈은 깊은 물속을 들여다보고 있어서 독수리의 눈보다 더
날카롭다.

  너는 먼바다의 고기떼를 찾아내기 힘들지 않고, 깊은 물속에
헤엄쳐 달아나는 고기떼를 잡아내기 문제없다.

  너희들이 모여서 고기를 잡아내는 곳에 어부들은 기꺼이 쫓아
간다.
  너도 먹기 위해서 바다를 떠돌아다니고, 어부들도 먹기 위해
서 너의 길잡이를 기뻐한다.

  거센 파도가 출렁이는 검은 바다 위를 항상 헤매야 하는 너는,
같은 흰 빛깔을 하고 있는 두루미와 학과 백로보다 얼마나 험하

고 기막힌 신세인가.

오늘 아침에도, 나는 너의 황금색이 어린, 너의 활짝 벌린 힘찬 날개를 쳐다본다.

『대구일보』(1969)

4. 성하(盛夏)의 바다

거세임도 없이, 푸르기만한 여름 바다.
흐뭇한 바람과 빤짝이는 햇살과 함께 빛나는 너의 새맑은 얼굴.

부풀어 오른 넓고 깊은 가슴과, 커다란 볼륨을 지니고 있는 너의 품.
모든 생물의 인자하신 어머님인 것처럼 어떻게, 그렇게 부드럽기만 한가.

얼어붙었던 한 방울의 샘물도, 비단 이불같이 뜰 안에 깔렸던 안개와 아지랑이도, 시들어진 풀잎과, 고운 꽃잎의 향정(香精)도, 너만이 품고 있는 성하의 부드러운 바다.

한 알의 모래와, 한 방울의 샘물과, 한 알의 풀씨가 그 부드럽고, 넓고, 깊은 너의 너그러운 품을 이룩하지 않았는가.

푸른 솔가지 사이로 언덕을 넘어서 불어오는 흐뭇한 바람과 숨결을 같이하며, 긴 여름의 대낮에 졸고 있는 어머님과 같은 것이 너의 한가로운 모습이다.

이렇게 부드럽고, 이렇게 넓고, 또한 깊은 너의 품속에서, 온갖 생물은 이제 한창 모든 삶을 즐기고 있지 않은가.

족속도 이름도 모르는 온갖 어족과, 색깔도 속도 모르는 조개와, 소라와, 전복과, 골뱅이(고둥)의 족파(族派)들이 너의 품속을 기어다니고 있다.

우렁쉥이, 말미잘, 해삼, 집게게의 족파들이 또한 너의 가슴 위에 매달려 있지 않은가.

줄거리도, 가지도, 꽃도 없는 온갖 해초들이 너의 품을 감싸주고, 옷 입혀 주고 있지 않은가.

또한, 온갖 색깔과 모양을 한 진주와 산호들은 너의 옷의 고운 무늬를 선둘러 주고.

밤이면 크고 작은, 파아란 별들이 부드러운 여름밤을 속삭이면서, 잠들고 있는 너의 이불 위에서 너의 꿈을 가만히 엿듣고 있기도 한다.

한 알의 작은 모래알도 현미경을 통해서 보면, 수많은 구멍이 뚫려 있고, 또 그 구멍 속에는 수십만의 미생물이 살고 있다고 과학자들이 말하고 있다.

너는, 이렇게 수십만의 미생물의 세계를 지니고 있는 그 끝없이 많은 모래의 벌판과 언덕을 덮어주고, 감싸주고 있다.

또한, 너는 너의 힘찬 숨결로써 그 무수한 모래알을 만들어내지 않는가.

수억 년의 오랜 바다의 역사와 생리를 지니고 있는 듯한 하얀 모래벌판 위에는 여기저기 붉은 해당화가 피어나기 시작한다.

조수 위에 한가한 갈매기들은 흰 나래를 길게 펴고, 푸름 위에 흰 동그라미를 그리면서 고기떼를 노리고 있다.

온갖 생명과 빛을 한 몸에 지니고서, 푸르고, 싱싱하고, 부드러운 어머님의 품과 같은 성하의 바다여.

『동아일보』(1957)

5. 겨울의 바다

겨울의 바다는 왜 저렇게 검푸른가?

찌푸린 하늘과, 검은 구름과 함께 흩어진 대기를 비치고 있기 때문인가?

보기에도 무섭고, 소름이 끼치는 겨울의 바다다.

차갑고, 매섭고, 성낸 얼굴이다.

그 속은 또한 얼마나 깊고, 얼마나 울렁거리고 있을까?

여름엔 그 환하고, 풀색같이 아름답던 너의 얼굴이, 이젠 가느다란 미소 하나 띠지 않고, 주름 잡힌 노파의 성낸 얼굴을 하고 있는가.

한참 바라보고 있는 사이에 너의 얼굴은 온통 갈대밭같이 흰 꽃의 바다로 변하고 있구나.

북풍이 불어닥치기 때문이다.

시베리아에서 불어오는 차가운 북풍이 너의 머리를 거슬려 주기 때문인 것이다.

언제나 남태평양에서 불어오는 따뜻한 순풍을 이고서 흐느적거리던 너의 잔물결이 춤을 추며 너울거렸는데, 오늘은 몽고를 지나서 세차게 불어오는 시베리아 바람에 흰 머리털이 거슬려 올라가는 듯한 노파의 얼굴같이 변하고 있다.

쉬지 않고 불어대는 차가운 북풍에 너의 얼굴은 더욱더 검푸르러 가고, 너의 흰 머리털은 끝없이 거슬리어서 갈대꽃같이 쉴 새도 없이 너풀거리고 있다.

희고, 긴 삼각형의 깃발들이 너풀거리는 갈대의 초원같이 넓은 바다여.

겨울의 너의 얼굴은 참으로 험상궂기만 하다.

북풍은 그냥 소리를 내며 사구(沙丘)를 헤치어 바다로 쏘아댄다.

모래를 휩쓸어 너의 품속으로 휘몰아 넣는다.

눈보라 치듯이 사구의 모래알들이 줄을 지어서 바닷속으로 날아들어가고 있다.

　너의 품으로부터 밀려나왔던 모래알들이다.
　오랫동안 너의 품속에 안겨 있다가 너의 품을 떨어져 나왔던 모래들이다.
　바람에 지치고, 햇볕에 시달렸던 모래알들이다.
　이제, 다시 너의 윤기 있는 넓은 품이 그리워서, 너의 품을 찾아서 되돌아가는 모래알들이다.

　너의 옆구리에서 안타까이 헤매던 모래알들도 있지만, 혹은 저 멀리 몽고사막으로부터, 바다가 무엇인지 알지도 못하던 모래알들도 여기까지 오고 있지나 않은지, 그것도 알 수 없다.

　바람의 작용은 풍화작용 하나만이 아닌 모양이다.
　바람은 모래를 나르고, 바다의 물도 나르고, 하늘의 구름도 나른다.
　또한 시간도 날려서 사람들의 얼굴 위에 주름을 잡아주기도 한다.

　밤 사이에 너는 또 커다란 반응을 받았는가, 거센 파도로 육지를 삼켜버리려고 하고 있다.

라디오는 저녁에도, 한밤중에도 너의 거친 행패를 보도하고
있다.

"배들이 뒤집혔다!
어부 52명을 태운 9척의 어선이 표류 중이다.
해일이다! 동해안의 2500여 명이 피난을 했다……."
이러한 야반의 마지막 뉴스를 들으면서, 나는 불을 끄고 자리
에 눕는다.

아침의 첫 뉴스는 이렇다.
"동해안의 피해 12억 원으로 늘고, 선박 600여 척 조난. 집 230호
전·반파. 해일 강풍…… 전국 피해 20명 익사, 150명 실종……."

이러한 뉴스를 듣고, 아연해질 밖에 없었지만, 수천만의 인명
을 앗아갔다는 동파키스탄의 해일도 생각해보지 않을 수 없다.

바다는 육지를 삼키려는 것인가!
육지는 또한 바다를 메우려는 것인가!

물과 흙으로써 살아가야만 하는 지구 위에 살고 있는 모든 생
물이 불쌍하고 서글프다.

이 가련한 인간의 정열은 하나의 커다란 인생의 운명인지도
모를 일이다.

바이런이 노래한 「맨프레드(Manfred)」의 인간이 갖고 있는 하
나의 뚜렷한 신성인지도 모르겠다.

아직도 멎지 않고, 8미터의 높이로 해안을 휩쓸어 들어오는 노
도를 바라본다.
배들은 육지 위에 휩쓸려 들어와서 넘어져 있고, 성낸 겨울 바
다의 아우성치며 밀려나오는 파도는 막아낼 재간이 없다.

나는 배 한 척 떠 있지 않은, 거칠고 검푸른 겨울의 성낸 바다
를 한참 내다보고 서 있을 뿐이다.

(1971. 1. 6.)

문단 교우록

1. 청마와의 교유기

○

유치환을 알기는 내가 미국 시카고시에 있었던 1930년도였다.

그의 이름 석 자를 알고, 그의 시는 지상을 통해서 잘 알았었지만, 그 사람과, 또한 그 사람됨과, 그 시인됨을 알게 된 것은 내가 6년 후에 고국에 돌아온 때부터였다.

지상을 통해서 그와 그의 시를 알게 된 것은 『동광』 잡지를 통해서였다.

『동광』 잡지는 도산 선생님의 흥사단과 국내에서의 수양동우회 계통에서 출판하였고, 춘원 선생이 주재하고 주요한 선생이 편집하시던 잡지였다.

춘해(春海)[20] 선생의 『조선문단』[21]이 폐간된 후 『동광』은 민족 문화를 위해서도 힘을 써 왔으나, 더욱이 새 문예운동을 펴기 위해 힘써 왔었다.

지금도 기억하고 있지만, 그때에 『동광』 시단를 통해 데뷔한 시인이 많이 있었다.

나이가 비슷한 젊은 시인들이 『동광』 시단에 우후죽순같이 나타났다.

이발원, 김해강[22], 신석정, 서정주, 김현승, 모윤숙, 김상옥, 김광균, 윤곤강[23], 노천명, 그리고 '재상해(在上海)'라는 표를 붙인 김광주[24]와, '재미국(在美國)'이라는 표를 이름 위에 붙이고 나온 나였다.

유치환도 이때부터 나왔다.

이들 외에도 기억이 잘 안 나는 이름도 있고, 또는 이북에서 못 내려온 이들과, 그리고 거기로 올라간 이들도 있다.

20　방인근(方仁根, 1899~1975). 시인이자 소설가이며 월간 문예지 『조선문단』을 발행했다.

21　1924년 10월 창간된 문예지로, 이광수가 주재하고 방인근이 발행인을 맡았다.

22　김해강(金海剛, 1903~1984). 시인이며 초·중등 교사를 지냈다.

23　윤곤강(尹崑崗, 1911~1950). 시인이며 『시학』 동인으로 활동했다.

24　김광주(金光洲, 1910~1973). 소설가로 『결혼도박』 등의 작품집이 있다.

서로 만나지 못하던 이들 문우들이 해방과 함께 서울에서 만나게 되었고, '청년문학가협회'[25]라는 모임을 갖기도 하였다.

○

유치환을 처음으로 만나게 된 것은 바로 내 고향인 평양에서였다.

문우들을 통해서 그를 알게 되었고, 그의 현부인(賢夫人)은 딸 둘을 기르고 계신 아주 단란한 가정이었다.

그는 어떤 회사의 지사원으로 근무하고 있었는데, 내가 그를 안 지 두 달이 채 못 되고, 몇 차례의 술상을 나누기도 전에 서울 본사로 영전하고 말았다.

그가 평양을 떠나자, 소설을 쓰던 이석훈 씨가 평양방송국으로 왔고, 양주동 선생이 숭실전문학교로 오셨고, 소설을 쓰던 이효석 씨도 숭전(崇專)으로 왔다.

---

25 1946년에 설립된 조선청년문학가협회를 말한다. 김동리 · 조지훈 · 조연현 · 서정주 등이 중심이 되었고, 1947년 전국문화단체총연합회로 발전적 해체되었다.

문우들이 모여서 기자림(箕子林)²⁶ 숲을 즐길 때에는 치환(致環)은 가고, 우리의 화제의 인물이 되고 말았다.

술상을 놓고 앉아서도 말을 잘하지 않는 그는 눈으로 말하는 듯, 늘 웃는 얼굴을 하였다.

그 가느다란 눈의 가느다란 웃음.

그의 시는 우람찬 노송과 같은 향기를 풍기지만, 그는 좀처럼 소리를 내서 이야기를 하지 않았다.

혹시 말을 꺼내면 인사 정도의 이야기였고, 목소리도 여자의 목소리같이 가늘고 부드러운 알토였다.

누구나 술에 취하면 말이 많고, 남을 비평하는 투가 보통인데, 치환은 술에 취하는 것을 볼 수가 없었다.

이젠 너도 취했겠지 하고 생각하면 그는 어디 간다는 소리도 없이 주석(酒席)을 떠나서 사라져버리기가 일쑤였다.

나중에야 안 일이지만, 그는 자기 혼자서 강변이나, 숲속으로 산책하기를 좋아하는 좋은 버릇을 가지고 있었다.

그는 술에 취한 주붕(酒朋)들을 상대로 떠드는 것보다, 말없이

---

26   평양에 있는 큰 숲. 수십만 그루의 소나무가 있었다고 전한다.

서 있는 대자연과 벗하고, 노래하는 것을 좋아한 것이었다.

이러한 그의 성격은 후에 더 잘 알 수 있었지만, 『문예』지[27]에 발표된 그의 외줄 시에 잘 나타나 있다고 생각한다.

나무

보이지 않는 깊은 곳에 깊이 뿌리박고 있기에, 항시 정정(亭亭)할 수 있는 나무.

구름

어디로 향해도 거기 또 하나 나의 자태여.

○

해방이 되어서 나는 서울에 있었지만, 치환은 고향으로 내려가고 소식이 없었다.

---

[27] 1949년 창간되었으며 1954년 3월 통권 21호로 종간되었다. 모윤숙이 발행인, 김동리가 편집인이었다.

해방이 되던 그 이듬해 봄에 그의 제5시집 『생명의 서(書)』가 출간이 되고 종로에서 출판기념회가 있었다.

그때 그를 또 만나게 되어, 비바람이 부는 밤에 그를 데리고 2차 축하회를 갖기로 하고 몇몇만이 주점으로 가기로 했었다.

4, 5명 정도로 가기로 했는데 주점에 모인 문우는 7, 8명이었다.

다 기억이 나지 않지만, 그때 모인 친구는 청마를 비롯해서 김광주, 조지훈, 서정주. 조연현, 이한직[28], 이봉구[29], 윤경섭[30] 등 이었다.

"형의 필명을 왜 청마라고 지었소?"

이때, 처음으로 청마라는 호가 세상에 알려지기 시작했다.

그는 대답 대신 가느다란 눈으로 미소만 지어 보였다.

"청마라고 하지 말고, 비마(飛馬)라고 하지!"

나는 다시 이렇게 비추어 보았으나, 그는 아무 설명도 하지 않고 그냥 미소만 짓고 있었다.

나는 더 물어보려 하지 않고, 나 혼자서 생각했다.

---

28 이한직(李漢稷, 1921~1976). 경기도 고양 출신의 시인.

29 이봉구(李鳳九, 1916~1983). 경기도 안성 출신의 소설가.

30 윤경섭은 선문사(宣文社)의 사장이며, 선문사는 1949년 한흑구의 『현대미국 시선』을 출간했다.

(서양에서는 시의 신을 페가수스(Pegasus)라고 한다.
페가수스는 날개 돋친 말이라는 뜻으로, 두 날개를 벌리고
하늘로 올라가는 그림으로 나타낸, 시신의 상징인 것이다.
그리스 신화로 시신 또는 시의 영감을 의미하는 것이다.)

참으로 시인다운 좋은 아호(雅號)라고 속으로 혼자 생각했을
뿐이었다.

술상이 들어오자, 각기 자기가 좋아하는 술을 청하기로 했다.
"그래, 청마는 무슨 술을 들겠어?"
"무엇이나 흑구가 좋아하는 술을 들지. 소주를 좋아하지!"
그는 내가 소주를 좋아하는 것을 잘 알고 있었다.
옆에 있던 한직이가,
"둘이 한번 시합을 해봐!"
"그래, 그래 누가 센가 해봐!"
모두가 떠들어댔다.

둘의 앞에는 소주 한 되씩 든 큰 병이 하나씩 놓였고, 다른 이
들에게는 약주가 돌아갔다.
통금 시간이 가까워져서 한 되씩의 책임량만 비우고, 모두 집
으로 돌아갔다.

이튿날 아침 아홉 시가 되도록 나는 자리에 누워서 일어나지 못하고 있었다.

이때, 김광주가 찾아왔다.

"그래, 청마는 집에 돌아가서 잘 잤나?"

근심스러워서 물어보았다.

"벌써, 아침 여덟 시 차로 고향에 내려갔대."

"무어? 야 정정하구나! 내가 졌다! 난, 일어도 못 나고 골치가 아파."

○

나는 몸이 쇠약해져서 바닷가에 살고자 포항으로 내려왔다.

동해에 정이 들기 시작하여 1년 7개월을 지냈는데 6·25사변이 터졌다.

포항이 점령되기 하루 전에 가족과 걸어서 한 주일 만에 부산으로 피난을 갔다.

안강, 경주, 울산을 거쳐서 부산으로 가는 길이 안강전투 때문에 길이 막혀버렸다.

할 수 없이, 동해변을 따라서 양포, 감포, 송정을 휘돌아 울산으로 들어가는 길밖에 없었다.

열세 살, 열한 살, 일곱 살짜리 아들 삼 형제를 앞세우고, 아내와 나는 네 살 난 딸애를 번갈아 업으며 한 주일을 꼬박 걸어가야만 했다.

'힘이다! 약자는 짓밟히고 쫓겨가야만 하나!'

"나는 백날을 양으로 사는 것보다 하루를 사자와 같이 굳세게 살겠다!"

이렇게 부르짖고, 스탈린에게서 떨어져 나온 유고슬라비아의 티토 대통령의 말을 되새기면서, 나는 동해변의 자갈길을 걸어서 부산으로 쫓겨갈 수밖에 없었다.

> 너, 길가에 서 있는
> 작은 다복솔아!
> 우리가 다 죽어가도,
> 너만은 푸른빛을 잃지 말고
> 이 땅을 지켜다고.

나는 이런 탄식을 하면서, 남으로 남으로 쫓겨갔다.

○

　부산서 또 만난 것이 청마, 지훈, 공초[31], 김송[32] 등이었다.

　나는 다행으로 미군부대에 일자리를 구해서 피난민이라기보
다 여유 있는 생활을 할 수 있었다.

　일이 끝나면 이들을 찾아갔고, 이들은 에덴다방[33]에서 나를 기
다리고 있었다.

　나는 그들이 마신 찻값을 치르고, 빈대떡이나마 놓고, 소주를
몇 되씩 마셔야 속이 시원했기 때문이었다.

　이들은 모두 군복을 입은 종군기자들이었고, 찻값은커녕 화랑
담배도 떨어지는 형편에 있었다.

　이런 형편을 잘 알고 있는 나는, 매일같이 이들을 찾아서 술로
써 시끄러움을 씻어주고자 하였다.

　어떤 때는 이들과 함께 남포동 '갈매기집'에 앉아서 생선회와
술에 취하고, 훨훨 자유롭게 날아다니는 갈매기에게 취하기도
하였다.

31　공초(空超) 오상순(吳相淳, 1894~1963). 시인이며 『폐허』 동인으로 활동했다.

32　김송(金松, 1909~1988). 희곡작가이자 소설가.

33　부산 최초의 다방으로 많은 예술인이 드나들었다.

또 하루는 돈 많은 동광동 친구 집에 가서 중국요리로 영양실조를 막아보려고도 하였다.

밤을 새워 가며 정종 열 되를 중국요리와 함께 실컷 먹은 것이 청마, 지훈, 공초, 이숭녕[34](그땐 박사가 아니었다) 씨, 그리고 나까지 5인이었다.

먼저 든 세 분 시인은 다 고인이 되었고, 이 박사와 나만이 남아 있다.

이 박사는 이때 처음 만나서 인사했고. 그 후 아직도 만나뵙지 못하였다.

그러나, 부산 피난머리에 '최고의 밤'이었다는 것을 나는 늘 기억하고 있다.

미군의 인천 상륙이 성공되고, 우리 국군은 압록강변까지 진격하였다.

추운 겨울 연말이었다.

문인, 화가, 연예인 대표들이 미8군의 군용기로 서울에 입성, 환도식을 올리고, 곧 평양으로 진주한다는 것이었다.

문인 대표 세 명을 뽑는데 지훈, 김송, 나 세 사람이 정해졌다는 것이었다.

34 　이숭녕(李崇寧, 1908~1994). 국어학자이며 서울대학교 교수를 지냈다.

"한 형의 고향이니, 한 형이 앞장서우!"

지훈의 이러한 말에, 고향 소리만 들어도 반가웠지만, 나는 이렇게 대답했다.

"모란봉 위에 모란꽃이 필 때나 가보지."

나는 피난을 하도 많이 해서 진절머리가 났었다.

평양서 38선을 넘어서 서울로, 서울에서 포항으로, 포항에서 부산으로, 이렇게 떠돌아 살아야만 했었다.

그것보다, 나는 생활을 보장해주는 일자리가 있었고, 또한 나의 온 가족이 함께 살고 있었다.

그러나, 지훈은 평양에 가야만 했다.

국회의원이던 부친 조헌영 선생이 이북으로 납치당하셨던 때문이었다.

내가 선뜻 평양으로 가기를 주저하자, 내 대신 뽑힌 것이 청마였다.

지훈이 평양으로 갔으나 불행하게도 부친은 만나뵙지도 못하고, 중공군의 반격 때문에 미군기로 곧 되돌아오고 말았다.

그때 함께 월남하게 된 것이 소설가 김이석[35] 씨와 시인 양명

---

35   김이석(金利錫, 1914~1964). 평양 출신의 소설가.

문[36] 씨 등이었다.

○

전쟁이 끝나서, 나는 포항으로 되돌아오고, 청마는 가까운 경주시의 경주고등학교장으로 왔었다.

그가 나를 찾아와서 밤이 새도록 소줏되를 비웠지만 한 번도 시 얘기, 문학 얘기를 하는 것을 듣지 못했다.

나도 그의 시를 좋아해서 읽었지만, 그를 칭찬하거나, 그의 시에 대한 감상 같은 것도 통 말하지 않았다.

침통한 성격을 갖고 있으면서도 늘 '모나리자'의 웃음을 지니고 있는 그의 얼굴을 잘 알고 있기 때문이었다.

그러나, 사 년 전 부산에서 그가 차 사고의 참변을 당하고 속세를 물러갔다니!

꿈 같은 이야기! 믿어지지 않는 인생!

지난 10월 경주 신라문화제에 가서 오랜만에 서정주, 박주일[37],

---

36   양명문(楊明文, 1913~1985). 평양 출신의 시인.

37   박주일(朴柱逸, 1925~). 경주 출신의 시인

신동집[38], 장수철[39], 김성도[40], 이재철[41], 박훈산[42], 고무신[43], 김녹촌[44], 손춘익[45], 김심당[46] 등 문인들과 함께 한 잔의 소주와 꽃다발을 그의 시비 앞에 놓고 왔다.

그의 시비를 가만히 지켜보고 있을 때, 그의 대표작인 「생명의 서」 1장이 가슴속에 떠올라왔다.

나의 지식이 독한 회의를 구하지 못하고
내 또한 삶의 애증을 다 짐 지지 못하여
병든 나무처럼 생명이 부대낄 때
저 머나먼 아라비아의 사막으로 나는 가자.

거기는 한 번 뜬 백일(白日)이 불사신같이 작열하고

38 신동집(申瞳集, 1924~2003). 대구 출신의 시인.
39 장수철(張壽哲, 1916~1993). 평양 출신의 시인이자 아동문학가.
40 김성도(金聖道, 1914~1987). 경북 경산 출신의 아동문학가.
41 이재철(李在徹, 1931~2011). 경북 청도 출신의 아동문학 평론가.
42 박훈산(朴薰山, 1919~1985). 경북 청도 출신의 시인.
43 고무신(古無新)은 경남 울주 출신의 시인 박종우(朴鍾禹, 1925~1976)를 말한다.
44 김녹촌(金鹿村, 1927~2012). 본명은 김준경(浚璟). 전남 장흥 출신의 아동문학가로 포항의 초등학교에서도 교편을 잡았다.
45 손춘익(孫春翼, 1940~2000). 포항 출신의 아동문학가이자 소설가.
46 포항의 문화 애호가였던 심당(心堂) 김대정(金大靖)을 말한다. 심당은 이육사와 가까운 사이였다.

일체가 모래 속에 사멸한 영겁의 허적에
오직 알라의 신만이
밤마다 고민하고 방황하는 열사의 끝.

그 열렬한 고독 가운데
옷자락을 나부끼고 호올로 서면
운명처럼 반드시 '나'와 대면케 될지니
하여, '나'란 나의 생명이란
그 원시의 본연한 자세를 다시 배우지 못하거든
차라리 나는 어느 사구(砂丘)에 회한 없는 백골을 쪼이리라.

청마!
그대는 아무 데도 못 가고,
불국사 어귀의 왕모래 언덕 위에
한 덩어리 식은 바위가 되어서
말없이, 말없이, 웃고 섰구나!

청마,
영원한 그대의 명복을 빌면서.

(1971. 1. 23)

2. 미당의 술과 시

○

서정주를 알기는 『동광』지에서부터였다.

약 십 년간 그를 만나보지는 못하였으나, 그의 시만은 많이 대할 수 있었다.

언제나 그의 시에는 정이 담겨 있었고, 얼이 담겨 있었다.

그의 얼은 반드시 높은 이데아나, 철학에 있는 것이 아니라, 인간의 순정을 노래함에 있는 것이었다.

그를 대면할 수 있는 것은 해방 후였다.

청년문학가협회의 모임에서 처음으로 만나게 되고, 지훈과 광주 등과 같이 거의 매일 만나게 되었다.

그는 술상이 들어오지 않으면 아무 말도 하지 않고, 움직거리지도 않았다.

한편에 부처님같이 고개를 들고 앉아서 눈 하나 깜박이지 않고 뜰 밖을 내다볼 뿐이었다.

얼마간 앉아 있으면, 또 싫증이 나는지, 그대로 팔꿈치를 베고

반듯이 누워버리는 습관이 있었다.

누워 있으면 눈이라도 감고 있는 것이 아니라, 얼굴에 비해서
는 크다고 할 만한 두 눈을 초롱같이 동그랗게 뜨고 천장만 바라
보고 있는 것이었다.

흰 천장 위에는 파리 한 마리도 없었다.

"무얼 보고 있어!"

하면, 정신을 차리는 듯이 큰 입을 좌우로 벌리고 히히 하고
웃어버리고 일어나지도 않았다.

이러한 그의 성벽(性癖)을 좋아하지 않는 친구들도 있는 것 같
았다.

그러나, 나는 어쩐 일인지 그의 독특한 성벽에 일종의 매력을
느꼈다.

그는 그대로의 주관이 서 있는 것 같았고, 자부심이 강한 것
같았기 때문이었다.

청마는 웃지 않는 것이 특색이라면, 정주는 잘 웃는 것이 특색
이었다.

청마는 가느다란 미소로써 웃음을 대신하지만, 정주는 웃음이
너무나 넘쳐서 웃음이라기보다는 세상을 원망하는 울부짖음과
도 같았다.

○

이러한 그의 성격은 시에서 잘 표현되어 있었다.

그의 시집 『귀촉도』의 신간평을 그때 내가 『경향신문』에 발표
한 바 있었다.

스크랩북에서 그때 내가 썼던 신간평을 훑어보면 이런 말이
들어 있다.

바보야 하이연 민들레가 피었다.
내 눈썹을 적시우는 용천의 하늘 밑에
히히 바보야 우숩다.

적어도 「민들레」의 1편은 인간 정주의 일면을 대할 수 있
는 그의 자화상이 아닐까도 생각된다.
이러한 무궤도적인 그의 자유분방의 낭만성에서 우리는
그의 「골목 안」의 삶을 예찬하게도 되고, 그의 「밀어」에
귀를 기울이게도 된다.

저,
가슴같이 따뜻한 삼월의 하늘ㅅ가에
인제 바로 숨쉬는 꽃봉오리ㄹ 보아라.

그는 이러한 순간을 잊지 않는다.

봄과 3월은 우리 민족의 얼이 꽃피는 계절이다.

그는 바보도 아니요, 광인도 아니다.

해방 전후를 통해서 그는 늘 웃음 아닌 울부짖음으로 세상을 대했던 것이다.

해방 후에 쓴 「골목」에서 그의 안정되고 성실성 있는 노래를 들을 수 있는 것이다.

골목

날이날마다 드나드는 이 골목.

이른 아침에 홀로 나와서

해지면 홍얼홍얼 돌아가는 이 골목.

가난하고 외롭고 이지러진 사람들이

웅크리고 땅 보며 오고가는 이 골목.

서럽지도 아니한 푸른 하늘이

홑이불처럼 이 골목을 덮어,

하이연 박꽃 지붕에 피고

이 골목은 금시라도 날아갈 듯이
구석구석 쓸쓸함이 물밀 듯 사무쳐서
바람 불면 흔들리는 오막살이뿐이다.

장돌뱅이 팔만이와 복동이의 사는 골목.
내, 늙도록 이 골목을 사랑하고
이 골목에서 살다 가리라.

위의 시에서는 인간 정주의 성실성 있는 아늑한 정을 느낄 수
있다.

○

이태백의 후손들이라서 그런가, 문인치고 술을 좋아하지 않는
사람은 없다.

작고한 청마도, 지훈도 다 두주급(斗酒級)이지만, 정주도, 광주
도 나도 밥보다 술을 더 좋아하는 축이었다.

술을 즐겨서 마시는 이유는 사람마다 다를 것이다.
배가 고파서 요기를 하기 위해서 마시는 일꾼들의 술도 있고.

머리를 써야 하는 기술공들이나, 수술을 하고 난 의사, 변론을 끝낸 변호사, 바쁘게 원고를 쓰던 신문기자들 - 이들이 술을 즐겨 마시게 되는 것은 모두 긴장되었던 신경을 풀자는 목적과 이유가 있기 때문일 것이다.

누구나 술을 마시면 취하게 마련이다.

취한다는 것은 일종의 정신이 흥분되는 상태를 말하는 것이다.

흥분이 넘쳐서, 웃고 떠들고, 노래하고, 춤을 추는 사람도 있다.

혹은 맺혔던 원한과 분통이 터져서 남과 싸우고, 고함을 지르고, 난폭한 행동을 예사로 하는 주정뱅이도 있다.

그러나, 취하게 마련인 술을 마심으로써, 보통 인간이 느껴 볼 수 없는 고상하고 아름다운 경지로 정신이 도취되어가는 것을 즐길 수 있는 사람들도 있다.

그들은 예술가요 시인인 것이다.

역사가인 이돈화[47] 선생의 이러한 말을 나는 늘 기억하고 있다.

"술을 마실 줄 모르는 사람은 하나의 세상은 잃어버리고, 하나의 세상밖에 모르고 사는 사람이다."

---

47   이돈화(李敦化, 1884~1950(추정)). 천도교 사상가로 『개벽』을 창간했다.

그는 술을 늘 즐겼고, 글을 쓸 때에도, 술병과 술잔을 책상 한 구석에 놓고서 썼다는 일화가 남아 있다.

선생이 말씀하신, "잃어버린 하나의 세상"이라는 것은, 두말할 것도 없이, 술을 마신 후에 보고 느끼는 세상일 것이다.

우리는 가끔 계절을 따라서, 술병을 둘러메고 들로, 산으로, 또는 바닷가로 놀러가기를 좋아한다.
술을 마신 후에 산천과 자연은 더 아름답게 보이기 때문이다.

이백은 술에 취해서, 물 위에 떠 있는 달그림자를 잡으려고 물에 뛰어들었다가 익사하였다는 이야기도 있지만, 술은 우리의 정신을 최고조로 이끌어주는 일종의 마력을 갖고 있는지도 모른다.

서양에서는, 술에 취한 후에 느끼는 이러한 정신상태를 엑스터시(ecstasy)라고 이른다.

이 영어 단어는 고대 불어와 라틴어에서 온 것으로, 그 어의를 웹스터사전(Webster's Dictionary)에서 찾아보니 아래와 같은 세 가지의 뜻이 적혀 있다.

1. Condition of being beyond all reasons and control, as from emotion.

모든 이치도 자제(自制)도 불관(不關)하는 하나의 정서적인 상태.

2. A condition of great emotion, especially joy, rapture, also madness.

위대한 정서적인 상태, 특히 환희, 무아경적인 황홀감, 또는 광기.

3. A mystic or poetic trance.

신비적인 혹은 시적인 광희.

이러한 엑스터시를 즐기기 위해서, 문인과 예술가는 술을 즐기게 된다고 생각한다.

광주가 돈암동이 멀다고 청계천변의 좁은 골목 안에, 작은 셋방을 하나 얻어서 이주를 한 적이 있었다.

정주와 지훈, 용덕, 나 넷이서 소주 두 되와 마른오징어 두 마리를 들고 찾아갔던 일이 있었다.

부인과 애들도 있고 하니, 웃거나 떠들지 말고, 곱게 앉아서 술을 마시기로 단단히 약속을 하였다.

"너, 오늘 또 떠들었단 안 돼!"

나는 주먹을 내밀면서 정주에게 부탁했다.

그는 한 번 빙그레 웃고,

"그래."

하고 고개를 끄덕였다.

지훈도, 나도 꽤 떠드는 편이었지만, 아무 얘기도 하지 않고, 마른오징어 발만 씹고 있었다.

한참 말없이 마시는 술이 한 되가 거의 다 내려가고, 사분의 일 정도밖에 남지 않았다.

"한 형, 나 아직 주정 안 했지?"

얼마 남지 않은 술병을 들어보고 정주가 나에게 묻는 것이었다.

"그래. 오늘은 참 용하구먼. 주정도 안 하구. 오늘은 술이 센데. 술 두 되를 다 먹구두, 말 한 마디 안 하구."

나는 이렇게 말하면서, 뒤에 감추어 두었던 술 한 되를 그의 앞에 내놓았다.

"허허, 글쎄 내가 안 취했어! 한 병이 아직 남았구먼."

그는 좋아서 입을 크게 벌리고 웃었다.

나는 그에게 떠들지 말도록 또 부탁을 했고, 그는 좋아서 고개를 끄떡하였다.

그는 취하기만 하면, 곧 엑스터시를 느끼는 것이었고, 엑스터시도 제3조항에 있는 '시적인 광상과 광희병'에 걸려서 무아경에 빠지는 수가 많기 때문이었다.

이날, 우리는 방 안에서 조용히 술을 마셨지만, 오히려 밖에서 여인네들이 떠드는 소리가 쉴 새 없이 들려왔다.
이 때문에 우리는 떠들지도 못하고 술만 마셨는지도 모른다.

이 떠들어대는 소리를 듣고, 광주는 「청계천변」이란 단편을 하나 쓰게 되었고, 정주는 엑스터시를 안은 채 곱게 마포 집으로 돌아갔다.

○

6·25사변 중에 나는 부산으로 피난했고, 정주는 목포로 내려갔다는 소문을 들었다.

전쟁이 끝난 후, 가끔 서울에 올라가도 정주를 만나보기가 힘들었다.

다른 문우들은 가끔 다방에서 만날 수 있었으나 정주는 잘 나오질 않았다.

그런 정주를 이십 년 만에 만나보게 된 것이, 작년 가을 경주 신라문화제에서였다.

계림숲에서 백일장이 열렸는데, 장수철이와 함께 나타났다.

"한 형, 참 오래간만이야, 이십 년 만이군!"

그의 손을 잡고 생각하니, 참말 이십 년 만이었다.

십 년도 멀다고 하는데, 이십 년 만이었다.

이십 년이 먼 것이 아니라, 그렇게도 짧은 것이었다.

세월의 빠름에 놀람과 함께 서로 잡은 손을 놓지 않았다.

"한 형은 조금도 안 늙었어!"

그는 이렇게 말하면서 웃는 얼굴로 나를 바라보았다.

"안 늙기는 미당이 조금도 안 늙었네. 얼굴에 주름도 없고, 머리도 안 세고."

그는 나보다 한두 살 아래지만, 전의 모습과 달라진 것이 없고, 달라진 것이 있다면 입을 크게 벌리고 웃던 웃음이 미소로 변하였고, 그의 이름이 요사이 '미당'이라는 호로 부르게 되었다는 것뿐이었다.

그러나, 그의 마음속에는 많은 변화가 있었고, 발전해 온 모습이 그의 태도에도 나타나 보였다.

"그래, 요새도 술 잘하나?"

나는 이렇게 물었다.

"아, 이젠 줄었어! 가끔 맥주나 몇 잔씩 들지."

"그래. 나도 술에 녹았어. 이젠 술에 주의해야 돼."

그도 나도 술에는 녹은 것을 동감했다.

술의 엑스터시는 어디로 갔나.

그와 다른 문우들과 함께 불국사로 청마의 시비를 찾아보고, 나는 그날 밤차로 포항으로 돌아왔다.

○

경주의 신라문화제가 있은 지 얼마 안 지나서 포항에서는 제 4회 동해문화제가 열리게 되었다.

포항에는 몇 년 전부터 '흐름회'라는 문학 서클이 있고, 김녹촌, 손춘익, 박경용[48] 등의 문협 회원들이 있다.

'문학의 밤' 행사를 치르기 위해서 대구에서 김성도, 이재철,

---

48 박경용(朴敬用, 1940~). 포항 출신의 시인.

유여촌[49], 김동극[50] 제씨(諸氏)와 경주에서 박주일 씨 등을 초청하고, 서울의 미당을 불러오기로 했다.

춘익과 미당을 공항에서 만나서, 택시를 타고 영일만의 해변을 끼고 드라이브를 하였다.

"좋아! 바다가 좋아! 푸른 동해가 좋아."

미당은 이렇게 바다가 좋다고 했다.

"서울 가서도 한 형의 얘기를 했지만, 한 형은 동해의 철인(哲人)이야!"

이렇게 미당은 연방 바다를 칭송하고, 또한 바닷가에 떠도는 갈매기와 같은 나를 위로해주는 것 같았다.

'문학의 밤' 행사를 지내고, 미당과 춘익과 나는 구룡포를 지나서 대보[51]로, 해가 돋아오는 동해를 끼고 드라이브를 하였다.

마침 해변가에 좋은 대지를 살 곳이 있다는 춘익의 말을 듣고 한번 가보기로 한 것이었다.

동해를 정면으로 대할 수 있는 언덕진 보리밭 600평이 송림 사이에 놓여 있었다.

---

49 유여촌(柳麗村, 1912~1981). 안동 출신의 아동문학가.

50 김동극(金東極, 1926~2014). 영주 출신의 아동문학가.

51 지금의 호미곶면.

"한 형, 이것을 사! 삼백 평은 한 형이 사고, 삼백 평은 내가 사서 작은 별장을 하나씩 짓고, 시나 쓰다가 죽잔 말이여."

그는 진지한 태도를 하면서 이렇게 말했다.

"좋지. 좋아. 공해니, 무어니, 서울서 떠들지 말고, 고요히 살면서 시나 써. 미당의 시는 문화재가 될 거야!"

미당과 나는 또 한번 비스듬히 태양 아래 누워 있는 보리밭을 둘러보았다.

꼬리 긴 까치 두 마리가 노송 위에 날아와 앉았다.

"서울엔 까치가 없어!"

미당은 웃으면서 나를 바라보았다.

○

시간이 되어서, 다시 만나기로 하고 미당은 떠나야 했다.

비행기 안에서 목을 축이라고 맥주 한 병을 사서 그의 가방에 넣어주었다.

나는 피곤해서 공항까지 나가지 않고 녹촌과 춘익을 시켜 환송을 하라고 했다.

한 송이의 국화꽃을 피우기 위해
봄부터 소쩍새는
그렇게 울었나 보다.

한 송이의 국화꽃을 피우기 위해
천둥은 먹구름 속에서
또 그렇게 울었나 보다.

그립고 아쉬움에 가슴 조이던
머언 먼 젊음의 뒤안길에서
인제는 돌아와 거울 앞에 선
내 누님같이 생긴 꽃이여.

노오란 네 꽃잎이 피려고
간밤엔 무서리가 저리 내리고
내게는 잠도 오지 않았나 보다.

　서울로 돌아간다는 미당이 타고 가는 택시의 뒷모양을 한참
서서 바라보면서 그의 시「국화 옆에서」를 되새겨보았다.

(1971. 2. 6)

3. 지훈의 인정미

○

지훈을 처음으로 만난 것은 해방 후 청년문학가협회 때였다.

30대를 채 넘지 못했다는 그의 첫인상은, 이미 원숙해진 40대
의 장년과도 같았다.

키도 크고, 얼굴도 크고, 목소리도 크고, 늠름한 장년의 기상이
었다.

얼굴도 길고 크고, 코도 입도 다 큰 편인데, 눈은 얼굴에 비해
서 좀 작은 편이었고, 근시거나 난시인지 늘 굵은 테의 안경을
쓰고 있었다.

술을 즐겨 마셨고, 술상을 대하면 안주보다 이야기를 좋아했다.

계속해서 이야기를 하자니까, 안주를 들 사이도 없었겠지만,
그의 이야기는 그의 시와 같이 유창해서, 듣고 있는 우리들도 안
주를 잊고, 그의 이야기에 취하는 것이 보통이었다.

영국 시단에서, 20대에 중견 시인이 되었던 키츠[52]나 셸리나 바이런같이 지훈도 상당히 조숙한 시인이었다.

그는 시 쓰는 재주도 뛰어났지만, 모든 방면에 출중한 박식을 갖고 있었다.

나이는 젊으나 장년의 모습을 지니고 있었고, 시에 대한 천재적 소질을 가지고 있었으며, 또한 인생에 대한 애착심과 정열을 가지고 있었다.

그는 사람을 대하거나, 자연을 대하거나, 늘 웃음으로 대하였다. 그의 시는 자연의 아름다움을 노래함이었고, 인간의 진실성을 강조하는 것이었다.

그는 가끔 주석에서 인간의 허위성과 위선을 꾸짖었다.

그러나, 그것은 어떤 개인이거나, 단체를 상대자로 하고 규탄하는 것이 아니고, 인생 전체를 향해서 절규하는 것이었다.

그것은 마치, 예수에게 전도하던 세례 요한의 설교와도 같았고, 아테네 거리에서 행하던 소크라테스의 설교와도 같은 것이었다.

옆에 앉아서 듣고 있던 우리들은 술이 다 깨는 듯한 기분으로

---

52   존 키츠(John Keats, 1795~1821). 영국 낭만주의의 대표적인 시인.

잠잠해지고 말았다.

어떤 친구가, 그의 흥분을 가라앉히기 위해서,

"지훈, 염불이나 한번 해줘!"

하면, 그는 서슴지 않고 젓가락으로 술상을 두드리면서, 굵고 낮은 목소리로 눈을 감고 염불을 외었다.

"수리, 수리, 마하수리, 수수리, 사바하……."

한참, 눈을 감고 외다가, 하하 하고, 입을 크게 벌리고 웃었다.

"이 속된 놈들 술이나 마셔!"

하고, 그는 상 위에 놓인 술잔을 들어 단숨에 마셔버렸다.

○

지훈은 거의 매일 같이 명동에서 만났고, 광주, 인욱, 공초 선생과 같이 술값이 싸다는 '무궁화' 주점에서 놀았다.

통금 시간이 되어도 술이 부족하면, 우리 집으로 가서 밤을 새워가며 술을 마시는 일도 여러 번 있었다.

그는 약주도 잘 마셨지만 소주, 빼주(배갈), 위스키, 무엇이나 다 잘 마셨다.

단 둘이서 술을 마시다가 취하면, 그는 가끔 그의 시의 몇 구절을 고개를 들고, 눈을 감으며, 마치 염불 외듯이 외웠다.

아름다이 휘어져 넘은 선(線)은
사랑에 주우린 영혼의 향기

원한과 기원과 희구와… 조촐한 마음이
그 선으로 흘러 흘러

푸른 자기(磁器) 아득한 살결에서
슬픔의 역사를 읽어 본다.

불러진 노래 만들어진 물건이
가느다란 선으로 이루어진 것

안으로 안으로 들어가는 신비한 나라에
맑고 곱게 빼어난 선은
아픈 마음의 눈물이 아니냐.

터지는 울음을 도로 삼키고
　　　고요히 웃는 듯 고운 선
　　　사랑에 주우린 영혼이 피어 나온다.

　이것은 그의 「선(線)」이라는 시다.
　산수(山水)의 미도 선에 있다고 하겠지만, 우리나라의 건물
이나, 의상이나, 자기나, 모두 그 선에서 미를 찾을 수 있다 할
것이다.

　　　안으로 안으로 들어가는 신비한 나라에
　　　맑고 곱게 빼어난 선은
　　　아픈 마음의 눈물이 아니냐.

　이는, 그가 내향적인 우리의 민족성을 탄하기도 하면서,

　　　터지는 울음을 도로 삼키고
　　　고요히 웃는 듯 고운 선
　　　사랑에 주우린 영혼이 피어 나온다.

　외향적 정열이 터져나올 것을 기대하는 그의 염원을 노래한
시가 아닐까 한다.

○

　해방 후, 서울에서 사 년간 살다가 몸도 쇠약해서 바닷가에 살고자 나는 포항으로 내려왔다.

　흘러나가고, 흘러들어오는 바닷물에 정이 들어가는데, 일 년이 흘러가자 6·25사변이 터졌다.

　포항이 점령당하기 하루 전에 온 가족을 거느리고 부산으로 피난을 해야 했다.

　국민학교에 다니는 세 아들애를 앞세우고, 네 살 난 딸애를 아내와 함께 번갈아 업고 일주일을 걸어간 곳이 부산이었다.

　8·15 광복절이 지난 이튿날, 우리 여섯 식구는 동래 온천교 다리 밑에서 늦여름의 이슬을 피해서 하룻밤을 누워서 새웠다.

　다리 밑에는 13도의 피난민이 다 모인 것 같았다.

　젊은 사람들은 버라이어티 쇼나 하는 듯이 번갈아 가면서 13도의 노래를 다 불러댔다.

　잘 수도 없고, 울 수도 없고, 나오는 것이 미친 사람의 아우성 같은 노랫소리뿐이었다.

　"마산도 점령이 됐다."

　"국회의원의 부인이니, 장군의 부인이니, 밀선(密船)을 타고 일본으로 밀항하려다가 붙잡혔대……."

젊은이들은 잠을 자지 않고 노랫소리로 넋두리를 하고 있는데, 나이 든 늙은이들은 나라의 운명을 이야기하며 날이 새기만 기다리고 있었다.

"힘이다! 힘!"

무실역행(務實力行)을 못다 한 우리 민족, 도산 선생의 가르침을 또 한 번 되새기며, 어서 새날이 밝기만 기다렸다.

노래도, 넋두리도 다 잠잠해지고, 고요히 동이 터올 때, 나는 혼자 일어나서 동래에 살고 있던, 고향의 친지 한기찬의 집을 찾았다.

그의 친절로 나의 식구를 그에게 맡기고, 나는 부산으로 일자리를 구하러 갔다.

사흘 만에 미군사령부에서 일자리를 구할 수 있었고, 피난민 수용소를 면할 수 있었다.

○

부산에서 제일 먼저 만난 것이 지훈과 공초 선생이었다.

첫 월급을 타가지고, 내 아는 친구가 서울에서 몇 명이나 내려왔나 하고 궁금해서 동광동으로 가보았다.

마침, 미군 PX를 지나다가 마주친 것이 지훈과 공초 선생이었다.

공초 선생과 두 손을 맞잡고,

"축하합니다!"

하고, 인사를 하고, 지훈과는 둘이 꽉 부둥켜안고, 볼에, 입술에 막 키스를 퍼부어댔다.

죽은 줄 알았던 애인과 다시 만난 것 같은 기쁨이요, 반가움이요, 인정이었다.

PX 앞에 줄을 지어 섰던 미군들이 손뼉을 치며 기쁜 얼굴로 웃어댔다.

"에라! 보이!"

"우린 애인보다 더 친한 사이인데 피난 와서 이렇게 만났다!"

나는 미군들에게 이렇게 설명을 했다.

그들은 고개를 끄떡끄떡하면서 웃어주었지만, 확실히 우리의 모습을 부러워하는 것 같았다.

'나도 살아서 고국으로 돌아가서, 내가 사랑하는 사람들과 만나 저렇게 기뻐하였으면!'

이러한 표정을 그들의 얼굴에서 넉넉히 볼 수 있었다.

지훈과 나는 공초 선생을 모시고, 제일 가까운 중국요리집으로 갔다.

오랫동안 굶주렸던 배에 영양을 채우기 위해서 갖가지 요리를 있는 대로 청하고, 오랜만에 빼주(白酒)를 불렀다.

"공초 선생께 '축하합니다' 한 것은 우리가 죽지 않고 살아 있다는 것을 축하한 것입니다. 우리는 살아서, 반드시 승리해야 합니다."

"그래, 그렇구 말구! 꼭 승리해야지!"

"그런 의미에서, 오늘 실컷 마셔봅시다!"

이렇게 기쁜 얼굴과 기분으로 밤이 깊도록 술을 마셨다.

세 사람이 서로 끼고, 부둥켜안겨서, 돌아와 잠을 든 곳이 국제 여관이었다.

첫가을 싸늘한 바람이, 다 찢어져 펄럭거리는 창틈으로 새어 들어와서, 슬며시 잠이 깨어버렸다.

일어나 보니, 여기저기 군복을 입은 채로, 담요도, 베개도 없이 구부리고 잠이 든 젊은 종군기자들의 가련한 모습이 있었다.

나는 또한 전선에서 잠 한숨 못 자고 용감히 싸우고 있을 젊은 병사들도 연상해 보았다.

'우리는 무엇 때문에 싸워야 하나?'

나는 혼자 일어나서 일터로 가야 했다.

○

　두 달이 채 못 되어서 인천 상륙이 성공되고, 서울이 탈환되고, 환도식을 올리고, 곧 평양으로 진주한다고 지훈이 뛰어왔다.

　우리 국군은 압록강변까지 진격한 것이었다.

　문인 대표로 세 사람이 미8군 군용기로 곧 떠나게 되었다는 것이었다.

　"평양은 한 형의 고향이니 먼저 앞장을 서야지!"

　지훈은 이렇게 말하면서 나의 어깨를 밀었다.

　곧 가고 싶었으나, 그리 덤빌 필요가 없다고 생각해보았다.

　"난 모란봉에 모란이 피어날 때 가보지."

　힘이 없는 나의 대답에 지훈은 낙심하는 빛을 보이는 듯했다.

　나는 직장과 가족을 함께 가지고 있었지만, 지훈은 그의 부친이 납북되어 평양으로 가셨던 때문이었다.

　문인 대표로 지훈, 청마와 김송 셋이 가게 되었다.

　나는 이때 지훈의 벗을 못해 준 것을 우정상으로 퍽 민망하게 생각하고 있었다.

　그러나, 그들이 평양으로 간 지 몇 달 지나지 않아서 중공군의 반격 때문에 미군기로 되돌아오고 말았다.

　지훈은 부친도 만나뵙지 못하고 실망을 안은 채 대구까지 또 후퇴할 수밖에 없었다.

그가 얻은 소득이 있다면 이북서 월남하게 된 소설가 김이석 씨와 시인 양명문 씨를 함께 데리고 온 것이었다.

이때 평양을 찾았던 실망을 그린 그의 시 「패강무정(浿江無 情)」에는 이런 구절이 있다.

평양을 찾아와도 평양성엔 사람이 없다.
대동강 언덕길에는 왕댓새 베치마 적삼에 소식장총(蘇式 長銃)을 메고 잡혀오는 여자 빨치산이 하나.
스탈린 거리 잎 지는 가로수 밑에 앉아 외로운 나그네처 럼 갈 곳이 없다.
십 년 전 옛날 평원선(平元線) 철로 닦을 무렵 내 원산에서 길 떠나 양덕(陽德) 순천(順川)을 거쳐 걸어서 평양에 왔더 니라.
주머니 남은 돈은 단돈 십이 전, 냉면 쟁반 한 그릇 못 먹 고 쓸쓸히 웃으며 떠났더니라.
돈 없이는 다시 안 오리라던 그 평양을 오늘에 또 내가 왔 다, 평양을 내 왜 왔노.
대동문 다락에 올라 흐르는 물을 본다. '패강무정' 십 년 뒤 오늘! 아, 가는 자 이 같구나. 서울 최후의 날이 이 같았 음이여!

그의 정열이 산산이 가라앉은 실망의 노래가 분명하다.

○

서울이 탈환되었을 때, 나는 포항으로 되돌아와서, 고가(古家)이나마 포격에 부서지지 않고 견디어 낸 나의 집에 다시 들어서 살 수 있었다.

포항의 전투는 격렬하여서 두 번이나 적의 점령을 당하였고, 건물의 칠할 이상이 폭파되었다.

그런데도 나의 집이 남아 있었던 것은 하느님의 은혜라고 생각하고, 진정한 평화가 오기까지 이 집에서 살아본다는 것이 오늘까지의 일이 되고 말았다.

멀지 않은 대구에 가끔 올라가서 거기에 몰려 있는 문우들을 만나기도 하였다.

이때도, 자주 만나서 술로 밤을 새우던 문우들이 지훈을 비롯해서 시조시인 이호우[53], 소설가 최인욱[54], 그 외에 몇 분이었고,

---

[53]   이호우(李鎬雨, 1912~1970). 경북 청도 출신의 시조시인.
[54]   최인욱(崔仁旭, 1920~1972). 경남 합천 출신의 소설가.

박목월 씨는 술을 자시지 않는 모양이었다.

여름철이 되어서 지훈이 마해송[55] 씨와 함께 동해로 놀러와 여러 날 놀고 가기도 했다.

해변 백사장 소나무 그늘 아래서 술상을 놓고, 술을 이야기하고, 시를 이야기하면서 수평선 위에 달이 떠올라올 때까지 늦도록 술을 마신 적이 한두 번이 아니었다.

그의 「자전적 시론」에 이런 구절이 있다.

처음 시 공부를 할 때, 나는 시인이란 미의 사제요, 미의 건축사여야 한다고 믿었다. 그래서, 사상이고 무어고 간에 시는 우리에게 아름다움만을 주면 되는 것이라는 상당한 심미주의적 경향을 띠고 있었다.

그는 영국의 미의 시인 키츠를 좋아한다고 하였다.
그러나, 키츠는 시만 썼지만, 지훈은 국문학, 사학, 민속학, 종교 등을 통해서도 미를 탐구하려는 노력이 컸다고 생각한다.

55　마해송(馬海松, 1905~1966). 개성 출신의 아동문학가이자 수필가.

키츠는 26세에 조사(早死)했지만, 지훈도 키츠와 같은 미의 학도이어서인가, 너무나 아깝게 요절하고 말았다.

인생의 무상함을 탄한들 무엇하리요, 다 한 번 가야 하는 길을.

지훈의 고운 인정이 늘 이 땅 위에 꽃피어 있기를 빌 뿐이오.

수필론

1. 수필의 형식

우리나라에서 수필이라고 이름하는 것은 영문학에서 말하는 에세이(essay)를 의미하는 것이다.

과도기에는 '감상문', '수상록', '잡문' 등, 혹은 '만필(漫筆)', '만문(漫文)' 등으로 불려왔지만, 현금(現今)에 와서는 모든 잡지와 신문의 편집인들도 수필이라고 일관된 명명(命名)을 하게 되었다.

또한 이것을 '붓이 가는 대로'라고 작문 교과서에 나오는 것도 있다.

영문학에서 에세이는 어떠한 형식과 내용을 가지고 있는 것인가?

영문의 'essay'라는 말은 불문의 'essai'라는 말에서 온 것이다.

이 말의 어의(語義)는 '말하려고 하는 것', 또는 '무엇인가 하고 싶은 것', '시도(試圖)', '기도(企圖)' 등의 뜻을 갖고 있는 만큼, 즉 시언(試言), 시필(試筆)을 의미한 것이다.

이런 의미에서부터 출발한 'essay'를 '수필'이라고 부르게 된 것이 적역(適譯)인지 아닌지는 알 수 없으나, 수필의 새로운 형식을 우리는 어디까지나 구명해야 할 것이며, 또한 그것의 발전을 위해서 힘써야 할 것이다.

'에세이'의 형식을 맨 처음으로 발표한 이는 불문학자 몽테뉴였다.

그는 자기의 우주관과 인생론을 붓이 가는 대로 시필해서, 이것을 '몽테뉴의 Essais'라고 제(題)하여서 출간하였다.

평론가 피터슨[56]의 소개문에는 이렇게 설명되었다.

> It was in 1580 that Montaigne published the first two books of his candid, curious explorations of his own opinions and feelings - called them Essais, which meant attempts, experiments, endeavors. That was the first time that the word was used in that way(and in the judgement of many distinguished scholars)

---

56 휴스턴 피터슨(Houston Peterson, 1897~1981). 럿거스대학교(Rutgers Univ.)의 철학 교수.

that was the beginning of the essay.

1580년 몽테뉴는 처음으로 그의 사견과 견해에 대한 솔직하고 탐구적인 두 권의 저서를 'Essais'라고 이름해서 출간하였다. 그것은 시론, 실험, 노력 등을 의미한 것이었다. 이것이 'essais'라는 말을 이런 의미로 처음 사용하기 시작한 것이다. (그리고 저명한 여러 학자의 견해에 의해서 그것은 'essay'의 시초가 된 것이다.)

저명한 영국의 수필가 월터 페이터[57]도 아래와 같이 표명하였다.

…… Montaigne, from whom indeed, in a great measure, all those tentative writers, or essayist, derive.
…… 수필을 시필하려는 모든 작가나 혹은 수필가는, 넓은 의미에서, 참으로 몽테뉴를 본받은 바가 많은 것이다.

몽테뉴의 『Les Essais』가 나온 후, 영국 문단에서 저명한 essayists(수필가들)를 많이 발견할 수 있게 되었다.

57　월터 페이터(Walter Horatio Pater, 1839~1894). 영국의 소설가이자 평론가.

프랜시스 베이컨을 필두로 조너선 스위프트[58], 리처드 스틸[59], 조지프 애디슨[60], 새뮤얼 존슨[61] 등의 수필은 초기의 대표적인 것이었다.

철학적인 수필로서 올리버 골드스미스[62], 사론(史論)으로 토머스 칼라일[63], 사회평론으로 존 러스킨[64], 과학 방면에 토머스 헉슬리[65], 문학평론에 매슈 아널드[66], 월터 페이터 등의 수필은 산문문학의 금자탑이라고 할 수 있을 것이다.

또한 이들과 함께 자리를 같이 할 수 있는 연파(軟派)의 수필가로서 윌리엄 해즐릿[67], 토머스 드 퀸시[68], 찰스 램 등의 대가들을 들 수 있다.

---

58 조너선 스위프트(Jonathan Swift, 1667~1745). 영국의 작가이며 『걸리버 여행기』로 널리 알려져 있다.

59 리처드 스틸(Richard Steele, 1672~1729). 영국의 언론인이자 정치가. 『가디언』등을 발간했으며 에세이를 많이 썼다.

60 조지프 애디슨(Joseph Addison, 1672~1719). 영국의 수필가이자 시인이며 정치가.

61 새뮤얼 존슨(Samuel Johnson, 1709~1784). 영국의 시인이자 평론가.

62 올리버 골드스미스(Oliver Goldsmith, 1728~1774). 영국의 시인이자 소설가이며 극작가.

63 토머스 칼라일(Thomas Carlyle, 1795~1881). 영국 비평가 겸 역사가.

64 존 러스킨(John Ruskin, 1819~1900). 영국의 비평가이자 사회사상가.

65 토머스 헉슬리(Thomas Henry Huxley, 1825~1895). 영국의 생물학자.

66 매슈 아널드(Matthew Arnold, 1822~1888). 영국의 비평가이자 시인이며 교육자.

67 윌리엄 해즐릿(William Hazlitt, 1778~1830). 영국의 철학가이자 수필가.

68 토머스 드 퀸시(Thomas De Quincey, 1785~1859). 영국의 소설가이자 수필가.

근대의 저명한 수필가로서 G.K. 체스터턴[69], 힐레어 벨럭[70], 루카스[71], 버지니아 울프, 토마스 헉슬리 등이 있지만, 금일에는 거의 모든 나라에 모든 작가들이 수필을 쓰고 있는 현상이다.

이렇게 시언, 시필을 '붓이 가는 대로'의 형식으로 산문화한 것이 수필의 일반적인 형식이라고 할 수 있다.

따라서, 어떤 고정된 형식에 맞추어서 쓰는 것이 아니고 가장 자유롭게, 시나 소설과 같은 특별한 형식의 제한이 없이, 붓이 가는 대로 쓸 수 있는 것이다.

다만 수필을 쓰는 데 우리가 명심해야 할 형식이 있다면,

1. 산문적인 것
2. 주관적인 것 - 감상문, 일기, 기행문, 자서전, 서간문 등
3. 객관적인 것 - 타인에 대한 전기, 역사적인 기록, 대화록 등

위와 같은 형식을 들 수 있으나, 어느 고정적인 형식은 필요로 하지 않고 있는 것이다.

---

69 G.K. 체스터턴(G.K. Chesterton, 1874~1936). 영국의 시인이자 수필가이며 소설가.

70 힐레어 벨럭(Hilaire Belloc, 1870~1953). 영국의 시인.

71 F. L. 루카스(Lucas, 1894~1967). 영국 작가이자 비평가이며 시인.

이와 같이 일정한 형식이 없는 만큼, 수필은 쓰는 사람의 깊고 치밀한 직관력과 높은 품격의 표현으로 독자에게 전달되어야 할 것이다.

필자가 독자에게 가장 친절하게 heart to heart(마음에서 마음으로)의 태도로, 서로 대화하듯이 솔직하게, 또한 성실하게 써야 할 것이다.

찰스 램도 다음과 같이 말하였다.

The essay want no preface, they are all preface. A preface is nothing but a talk with the reader, and they do nothing else.

수필에서는 머리말이 필요하지 않다. 수필 자체가 다 머리말이다.

하나의 머리말이란 아무 다른 것이 아니요, 독자와의 대화인 것이다.

문학평론가 월터 캠벨[72]은 독자와의 대화에 대해서 이렇게 말했다.

72　월터 캠벨(Walter Campbell, 1877~1957). 미국의 작가.

If we are to keep our readers reading, we must speak their language.

We must make it easy for them and easy reading is often enough hard writing

만일 우리가 독자들로 하여금 우리의 글을 계속해서 읽도록 하려면, 우리는 그들의 말로 이야기해야만 한다.

우리는 그들에게 알기 쉽게 해야 한다.

그리고 알기 쉽게 쓴다는 것은 거의 쓰기 힘든 글인 것이다.

아일랜드의 시인 예이츠는 수필에 대해서 또 이렇게 말했다.

Good style is such language as one would use in talking across the table to an intelligent friend.

좋은 문장(literary style)이라는 것은 테이블 건너편에 앉은 인텔리 친구에게 대화로써 사용할 수 있는 그런 회화다.

이와 같이, 현대에서는 가장 쉽고 솔직하게, 독자에게 대화하는 태도로 쓰는 문장이 요구되고 있는 것이다.

이것이 곧 수필에서 가장 필요로 하는 것이다.

2. 수필의 종류

영문학상, 수필의 유형을 크게 나누면 두 가지로 분류할 수 있다.

첫째는, 형식적 에세이(formal essay)라고 부르고,
둘째는, 비형식적 에세이(informal essay)라고 부른다.

그러나, 형식적이란 의미도 그리 정확한 형식과 내용상의 정의를 갖고 있는 것도 아니고, 비형식적이라고 분류하는 것도 마찬가지다.
이 때문에, 전자를 경수필(硬隨筆, hard essay)이라고 부르고, 후자를 연수필(軟隨筆, soft essay)이라고 분류하는 학자들도 있다.

그것은 철학, 문예비평 등을 경문학(硬文學)이라 하고, 소설, 시 등을 연문학(軟文學)이라고 하는 것과 상통하는 것이다.

칼라일, 에머슨, 아놀드 등의 논문을 경수필이라 하고, 램, 체스터턴, 울프 등의 것을 연수필이라고 부른다.

'essay'를 평론 또는 논문이라 번역하는 이도 있으나, 'thesis'와

같은 의미의 학술적 논문과는 다른 것이다.

이 때문에 베이컨의 'essay'와 같이 객관적 논점에서 쓴 것을 형식적 에세이, 즉 경수필이라고 부르고, 퀸시의 에세이와 같이 작자 자신을 중심으로 하고, 어디까지나 주관적으로 쓴 것을 비형식적 에세이, 즉 연수필이라고 부르게 된 것이다.

다시 말하면, 철학, 역사, 문명비평 등 thesis에 가까운 논문을 형식적인 경수필로 분류하고, 작자의 주관적인 상념이 문학적으로(아무런 형식도 없이, 붓이 가는 대로) 쓰인 것을 비형식적인 연수필로 분류한 것이다.

그러나, 이것은 극히 넓은 분야를 두 개의 영역으로 쪼개 놓은 것뿐이고, 거기에 대한 분류선을 확정할 수는 없는 것이다.

이러한 비형식적인 연수필에 대해서 피터슨은 또 다음과 같이 말했다.

Essay will mean a short piece of writing, from one to twenty or thirty pages, dealing with almost any subject, but in a personal, informal and unpretentious way.

수필이라는 것은 일 면의 글로부터 이십 면 혹은 삼십 면
길이까지의 짧은 글을 의미하는 것이다.

그것은 어떠한 주제의 글이라도 취급할 수 있지만, 어디
까지나 사적이고, 비형식적이고, 겸손한 태도로 써야 할
것이다.

그의 말과 같이, 연수필은 어디까지나 비형식적이면서 사적이
고, 주관적이고, 겸손하게, 성실하게 표현되어야 한다는 것이다.

이런 의미에서 볼 때, 우리가 지금 한국 문단에서 수필이라고
이름하는 짧은 글들은 거의 다 연수필에 속하는 것이라고 할 수
있다.

다시 말하면, 문장에서는 철학에 속하는 것이 아니고, 문학에
속하는 수필을 의미하는 것이다.

내용에서는 어디까지나 철학적이어야 하지만, 문장에서는 어
디까지나 문학적이어야 할 것이다.

It will be on the edge of philosophy but not at all
systematic.

그것은 철학의 옆구리에는 가도, 전혀 체계적인 것은 아니다.

이것도 피터슨의, 연수필에 대한 내용과 문장의 취할 점을 표시한 말이다.

영문학상에서는 수필을 다음과 같이 카테고리를 말하는 문학자들도 있다.

1. 작자 자신의 경험을 서술하는 주관적인 산문
2. 인생에 대한 주관적인 견해
3. 일상생활에 대한 관찰
4. 자연계에 대한 사고와 관찰
5. 세사(世事)에 대한 비판

그러나, 수필에서 유형을 가름하기 힘드는 것과 같이, 카테고리를 제한하기도 힘든 것이다.
다만 우리가 알 수 있는 것은, 수필은 주제가 무엇이든지 간에 작자 자신의 주관에서 쓰인다는 것을 특징으로 하고 있다.

이와 같이 수필이 주관적인 문학의 형식을 취하고 있다면, 그것은 주관적인 문학의 형식을 가지고 있는 시와 상통하는 점이 있다는 것을 알 수 있다.

버지니아 울프도 여기에 대해서 아래와 같은 말을 하였다.

> That is why essayists suffer in translation almost as much as lyric poets and why we shall keep translations at a minimum.
> 그 때문에 수필가들은 사물을 해석하는 데 서정시인들과 마찬가지로 어려움이 있는 것이다.
> 그러므로, 우리 수필가들은 최소한의 노력으로써 해석할 수밖에 없다.

그도 수필가가 시인과 상통하는 점을 지적하였고, 수필을 쓰는 데 시인이 시를 쓰는 것과 같이 어려움이 있다는 것을 표명한 것이다.

3. 문학적인 수필

문학평론가 매튜 아놀드는 문학에 대해서 다음과 같은 짧은 정의를 내린 바 있다.

> Literature is an artistic interpretation of life through the instrumentality of language
> 문학은 언어를 사용하여서 인생을 예술적으로 표현하는 것이다.

즉, 문학은 언어라는 기구의 도움으로 인생을 해석하고 표현하는 데 있어서 예술적으로 하는 것이라는 뜻이다.

다시 말하면, 문학은 언어를 도구로 하지만 그것은 반드시 예술적 기교로 표현되어야 한다는 뜻이다.

한 편의 수필도 예술적인 표현을 하는 데 있어서는 한 폭의 그림이나, 한 편의 시와 같이 예술적인 구상과 문학적인 스타일을 갖추어야 할 것이다.

근간에 수필을 전문으로 싣고 연구하는 수필 잡지들이 나오는 것은 환영할 만한 일이다.
수필은 논픽션이기 때문에 간단한 글이지만, 현대인에게는 매우 요구되는 글이다.

독자와 함께 작자의 인생관과 자연관이 대화처럼 전하여질 수 있는 글로서, 시간이 바쁜 우리에게는 다른 일용품과 같이 필요하다.

현대인은 허구적인 이야기보다 현실에서 얻을 수 있는 사실적인 지식을 더 많이 요구하고 있다.

캠벌의 말을 빌리면,

> They think the prolongation of education induces a great respect for fact and a progressive loss of interest in fiction.
> Other believe that the second World War has made people more serious-minded.
> They know that they cannot escape into fantasy that they must face facts and do something about them.
> 그들이 생각하는 것과 같이, 교육의 진보는 사실에 대한 것에 큰 존중심을 유발시켰고, 허구적인 이야기에 대한 취미는 점점 잃어버리게 하였다.
> 또 어떤 이들은 제2차 세계대전이 인간의 심정을 보다 더 진지하게 만들었다고 믿는다.

그들은 그들이 환상 속으로 도피할 수 없는 것을 알고 있으며, 또 그들은 현실에 부닥쳐서 그것을 타개해야 한다는 것을 알고 있다.

이와 같이, 제2차 세계대전 이후에 모든 인간은 현실관에 더 유의하게 되고, 현실 타개에 더 몰두하게 된 것이 세계적인 사실이다.

우리 출판계에서도 이런 경향을 뚜렷이 볼 수 있다.

잡지, 신문에서도 픽션보다 논픽션이 더 많이 실리고 있는 현상이다. 사실에 대한 지식을 요구하는 독자들의 시대적인 새로운 욕구인 것이다.

이러한 지성에의 욕구는 세계적으로 공통적이며, 이 때문에 각국마다 논픽션 붐이 일어나고 있다.

이제, 결론에서 나는 다음과 같은 몇 가지 점을 지적하려고 한다.

1. 한 편의 시나, 한 폭의 그림과 같이, 수필도 그것이 가진 주제를 어디까지나 문학적으로 표현해야 할 것이다.

2. 수필은 '붓이 가는 대로', 자유롭게 일정한 형식이 없이 쓸수 있다고 하였다.

그러나, 그것은 형식이 없는 형식으로 쓰는 것이며, 이 형식은 어디까지나 작자 자신이 갖고 있는 성격과 품격의 표현으로 구현되는 것이다.

3. 인생을 논하거나, 자연을 노래하거나, 거기에는 작자 자신이 말하고자 하는 주제가 있어야 할 것이다.

평론가 알란 드보[73]도 이렇게 말했다.

> Every article, however long or wandering, presumably has a theme.
> It has something particular to say. It has a point to make.
> 모든 작품은 길거나, 번잡하거나 먼저 하나의 목적하는 바의 주제를 가지고 있는 것이다.
> 그것을 지적하는 데 어떠한 특이성이 있지만, 그것은 어디까지나 표현하려고 하는 그 요점을 말하는 것이다.

이렇게 주제를 표현하고자 하는 요점은 항상 어느 작품에나

---

73   알란 드보(Alan Devoe, 1909~1955). 미국의 작가이자 자연 애호가.

있어야 할 것이다.

　4. 수필도 말로써, 글로써 표현되는 것인 만큼 하나의 예술적
인 문학작품이 되어야 할 것이다.

『현대문학』(1969)

수필의 형식과 정신

1. 수필의 형식

1. 우리말로 '수필'이라고 하는 것은 영어의 'essay'라는 말에서 온 것이다.

영어의 'essay'라는 말은 불어의 'essai'에서 왔다.

2. 웹스터사전에서 'essay'라는 어의를 찾아보면 아래와 같은 두 가지의 뜻을 가지고 있다.

(가) "An attenpt ; try"라고 해석했다.

우리말로 고치면, 하나의 시도, 기도가 된다.

(나) "A literary composition that deals with its subject from a somewhat limited or personal standpoint."라고 해석했다.

우리말로 고치면 다음과 같은 뜻이다.

"하나의 문학적인 작법으로, 어떤 면에서 무엇인가 제한된 범위 안에서 하나의 주제를 개인적(주관적) 관점에서 취급하는 것."

3. 위에서 설명한 것을 읽어보면 다음과 같은 수필의 작성 과정의 요소적인 형식과 내용적인 정신의 필요성이 내포되어 있는 것을 알 수 있다.

첫째, '문학적인 작법'이라고 하는 것은, 수필은 하나의 문학적인 작품이라는 뜻이 될 것이며, 또한 문학적인 작품이 되기 위해서는 하나의 예술적인 문학 형식으로 창작되어야 한다는 뜻을 가지고 있다 할 것이다.

둘째, "제한된 범위 안에서 하나의 주제를 취급하는 것이다" 라고 한 것은 분명히 하나의 주제로 하나의 문학적인 작품을 창작한다는 의미다.

모든 작품(소설, 시, 희곡, 음악, 회화, 조각 등)이 다 하나의 주제를 완성시킴으로써, 하나의 본격적인 예술작품을 창작하는 것과 다름이 없다는 뜻일 것이다.

가끔 신문, 잡지에 수감(隨感)이니, 신변록이니 하는, 주제가 아닌 제목을 붙이고서 잡상(雜想)이니, 잡문(雜文)이니 하는 따위의 글이 기재되고 있는데, 이것은 결코 문학도 수필도 될 수 없을 것이다.

셋째, "하나의 주제를 개인적(주관적) 관점에서 취급하는 것이다"라고 한 것은 수필의 창작 정신은 시에서와 마찬가지로 개인의 주관적인 입장에서 창작된다는 뜻이다.

4. 수필은 소설이나 희곡과 같이 플롯을 필요로 하지 않는다고 해도, 그 내용을 담을 수 있는 형식이 존재하지 않을 수는 없다.

내용이 없이도 형식만은 존재할 수 있으나, 형식이 없는 내용은 존재할 수 없을 것이다.

꽃꽂이를 하는 데, 꽃이 꽂히지 않은 꽃병과, 꽃병이 없이 꽃다발만 놓여진 것과 같은 것이다.

다시 말하면, 어떠한 형태의 꽃병(형식)을 택하거나, 어떠한 종류의 꽃다발(내용)을 취택하거나 하는 것은 꽃꽂이를 하는 개인의 재능 여하에 달려 있는 것과 같은 것이다.

5. 일정한 형식이 없는 만큼 수필은 작자 개인의 성격과 노력에서 창작되어야 할 것이다.

6. '수필'이라고 누가 먼저 번역했는지는 알 수 없으나, 이것을 우리말로 다시 고쳐서 '붓이 가는 대로'라고 이름을 붙이는 이들도 있다.

그러나, '붓이 가는 대로', 제멋대로 자유롭게 쓸 수 있다고 해도, 하나의 예술적인 형식을 갖추어서 표현되어야만 하나의 문학작품이라고 할 수 있을 것이다.

이렇게 생각하면, 수필은 작자의 독특한 문장 표현 방식으로 이루어질 수 있는, 고정적인 형식이 없는 형식으로 창작되는 것이라고 생각할 수 있다.

7. 피천득 씨의 「수필」이라는 글에서 이러한 말을 인용해 온다.

수필은 독백이다.
소설가나 극작가는 때로 여러 가지 성격을 가져보아야 된다.
'셰익스피어'는 '햄릿'도 되고 '폴로니어스' 노릇도 한다.
그러나 수필가 '램'은 '찰스 램'이면 되는 것이다.
수필은 그 쓰는 사람을 가장 솔직히 나타내는 문학 형식이다.

그러므로, 수필은 독자에게 친밀감을 주며, 친구에게서 받은 편지와도 같은 것이다.

8. 영국 수필 문학에서 형식적 에세이(formal essay)와 비형식적 에세이(informal essay), 또는 경수필(hard essay)과 연수필(soft essay)에 대한 형식상의 유형은 이미 「수필론」에서 언급하였기 때문에 여기선 생략한다.

2. 수필의 정신

1. 먼저 수필은 시의 정신으로 창작되어야 할 것이다.

2. 시는 작자의 주관적인 직관력과 사색적인 인생철학에서 이루어지는 것과 같이, 수필도 작자의 주관적인 인생철학에서 이루어지는 하나의 산문적인 작품인 것이다.

3. 수필은 하나의 산문적인 정신으로 창작되어야 할 것이며, 줄이면 한 편의 시가 되어야 할 것이다.

4. 시에서 철학이 중심이 되어야 하는 것과 같이, 수필에서도 철학이 그 내용이 되어야 할 것이다.

5. 철학적인 아이디어가 없는 작품은 문학도, 음악도, 회화도 될 수 없을 것이고, 하나의 예술적 작품으로서 가치가 없을 것이다.

6. 김광섭 씨의 「수필 문학 소고(小考)」에는 이러한 말이 있다.

> 우리는 시를 쓰려 한다. 소설을 지어보려고 한다. 혹은 희곡을 만들어 보고자 한다.
> 그러나, 우리는 그때 그 어느 것에나 함부로 달려들려는 무뢰한은 아니다.
> 동일한 작가이면서도 그 태도가 서로 다르다.
> 시는 심령이나 감각의 전율된 상태에서, 희곡과 소설은 재료의 정돈과 구성에서 과학에 가까우리만큼 엄밀한 준비에서 시작되는 것이라고 생각하고 보면, 수필은 달관과 통찰과 깊은 이해가 인격화된 평정한 심경이 무심히 생활 주위의 대상에, 혹은 회고와 추억에 부딪쳐 스스로 붓을 잡음에서 제작된 형식이다.

7. 피천득 씨의 「수필」에는 이런 글귀가 있다.

수필은 플롯이나 클라이맥스를 필요로 하지 않는다. 가고
싶은 대로 가는 것이 수필 행로이다.
그러나, 차를 마시는 거와 같은 이 문학은 그 차가 방향(芳
香)을 갖지 아니한 때에는 수돗물같이 무미한 것이 되어
버리는 것이다.

한 조각 연꽃잎을 꼬부라지게 하기에는 마음의 여유를 필
요로 한다.
이 마음의 여유가 없어 수필을 못 쓰는 것은 슬픈 일이다.

8. 김시헌 씨의 『수필문학』 2집의 「책머리」에 이런 글귀가
있다.

수필은 호젓하면서도 군색하지 않고, 멋이 있으면서도 방
탕하지 않고, 소박하면서도 우둔하지 않다.
수필은 건강하지만 파격을 좋아하고, 야유스럽지만 악의
가 없고, 날카롭지만 따갑지 않다.
수필은 길이가 짧지만 소설이 담겼고, 리듬은 없지만 시
가 있다.

수필은 부담 없이 걷는 산책과 같고, 장바구니 든 아낙네 같다.

그 속에는 꿈을 돌아보는 낭만이 있고, 회의를 극복한 철학이 있고, 생사를 초월한 우주가 있다.

9. 이상 삼씨(三氏)의 수필론에서 수필의 형식과 정신이 어떠한 것인지 인식할 수 있으리라 생각한다.

우리는 특히 영문학상 수필의 위치가 얼마나 높은 문학적 가치를 지니고 있는지 알고 있다.

10. 우리 한국 문단에도 빛나고, 높은 품위의 수필 문학이 세워져야 할 것이다.

『월간문학』(1971)

발(跋)

　외우(畏友) 한흑구 형이 이경(離京) 이십수 년 만에 그의 그동 안 동해변의 사색들을 모아 이『동해산문』을 내게 된 것은 무척 반갑고 기쁜 일이다.

　그는 1930년대에 오 년여의 공부를 마치고 미국에서 돌아온 뒤 몇 해 동안 우리 시단에 그 글을 보이더니, 이래 1945년의 해 방 때까지 어디서 무엇을 하는지 우리들의 눈에 띄지 않게 지내 왔었다. 1945년 해방이 되자 다시 붓과 소주를 벗해 서울에 나타 나서 1950년의 6·25사변 가까울 무렵까지 우리를 기쁘게 하더 니, 또 이내 어디론지 사라져 자취를 감추었다. 뒤에 들으니 신라 고도 경주에서 산 하나 넘어 포항읍의 바닷가에서 누가 그를 보 았다고 했다.

　그리고 이십여 년, 그는 그의 글도 세상에 내놓지 않았을 뿐 아니라 그의 벙글거리는 항시 동안의 얼굴도 우리 앞에 나타내 지 않았다. 그런 그가 오랫동안의 침묵을 깨고 동해 바닷가의 이 십수 년의 정신의 체험을 문장화하여 이 정선(精選)한 수필집을 우리에게 다시 보이게 되었다. 스물 몇 해 만에 다시 하늘과 바다가 맞붙은 곳에서 듣는, 큰 바다 갈매기의 영원을 마찰하고 있는 소리처럼, 크게 반가운 일이 아닐 수 없는 것이다.

까다롭다면 무척 까다로운 이 필자, 은둔자라면 또 자진 종생의 귀양살이라도 능히 해낼 수 있는 이 묘한 은둔의 사색가, 인간을 되도록이면 멀찍한 거리에서 오래 두고 성찰하고 사랑하기에 초점을 모아온 이 이해자(理解者)를 우리가 다시 만나게 된 것은 우리의 매우 드문 기쁨이다.

외우 한흑구 형의 이 『동해산문』을 진심으로 환영하며, 형의 수명이 형의 이순 60대를 쪽빛 바다같이 늘 찰찰하게 해서 칠, 팔, 구십…… 오래도록, 문득 한번씩 그 반가운 갈매기 울음을 이어 우리에게 보내주시기만을 바란다.

1971년 5월

관악산 봉산산방에서

미당 서정주 식(識)

포항 송도 해변을 걷고 있는 한흑구

흑구(黑鷗) 한세광(韓世光)은 1909년 평양에서 아버지 한승곤과 어머니 박승복 사이에서 1남 3녀 중 외아들로 태어났다. 평양 숭인학교를 졸업한 후 보성전문학교에서 수학하다가 1929년 2월 미국으로 떠났다. 미국에는 독립운동을 하기 위해 망명 간 아버지가 있었다. 시카고 노스파크대학교(North Park College) 영문과와 필라델피아 템플대학교(Temple Univ.) 신문학과를 수료했다. 1929년 5월 2일 교민단체 국민회(國民會)의 기관지인『신한민보』에 시「그러한 봄은 또 왔는가」를 발표한 것을 비롯해 수양동우회 기관지인『동광』등에 시와 영미 번역시, 평론, 소설 등을 발표하며 활발한 창작 활동을 했다.

어머니가 위독하다는 전보를 받고 1934년 귀국해 평양에서 잡지『대평양』과『백광』의 창간에 참여하며 창작 활동을 이어갔다. 1937년 4월 이화여전 음악과 출신의 방정분과 결혼했으며 일본의 탄압(수양동우회 사건)으로 아버지와 함께 피검되었다. 당시 많은 문인이 친일 대열에 합류했지만 한흑구는 단 한 줄의 친일 문장도 쓰지 않았다.

광복 직후 38선을 넘어 미군정의 통역관이 되었지만 부정부패에 질려 그만두었고 1948년 가을 포항에 정착해 이듬해『현대미국시선』을 발간했다. 1954년 포항수산초급대학(포항대학의 전신)의 교수로 임용되었으며 수필집『동해산문』(1971)과『인생산문』(1974)을 상재했다. 1979년 11월 7일 작고했으며 1983년 포항 내연산 입구에 한흑구 문학비가 세워졌다.

동해산문

1판 1쇄 2023년 5월 31일
1판 2쇄 2024년 5월 10일

지은이   한흑구
펴낸이   김 강
편 집   김도형
디자인   아르떼203
펴낸곳   도서출판 득수
출판등록 2022년 4월 8일 제2022-000005호
주 소   경북 포항시 북구 장량로 174번길 6-15 1층
전자우편 2022dsbook@naver.com

값은 뒤표지에 있습니다.
ISBN 979-11-979610-7-6
ISBN 979-11-979610-6-9 (세트)